双葉文庫

新装版 不知火隼人風塵抄

葵の密使【一】

稲葉稔

目次

第一章　我孫子宿《あびこしゅく》　7
第二章　受命　45
第三章　奥州道中《おうしゅうどうちゅう》　81
第四章　仙台《せんだい》城下　123
第五章　塩《しお》竈《がま》　168
第六章　千石船《せんごくぶね》　205
第七章　馬放島《まはなしじま》　245

葵《あおい》の密使【一】

新装版 不知火隼人《しらぬいはやと》風塵抄

第一章　我孫子宿《あびこしゆく》

一

嘉永《かえい》六年（一八五三）七月――。

乾ききった街道は焼けつく太陽にじりじりと熱され、陽炎《かげろう》が立っている。なまぬるい風が草いきれを漂わせていた。

もうすぐ我孫子宿に入るところだった。桑畑に挟まれた街道の先に、三本の大きな欅《けやき》が立っていた。

不知火隼人《しらぬいはやと》は顔をしかめて首筋の汗をぬぐうと、あそこの木陰で休もうと決めた。野袴《のばかま》は埃《ほこり》にまみれ、打裂羽織《ぶつさきばおり》は汗に濡れ黒くなっていた。

隼人は欅の下に行くと、腰をおろして編笠《あみがさ》を脱ぎ、襟《えり》を大きく開いて胸や脇の下の汗をぬぐった。

炎天下は暑くてたまらないが、木の下は風の通りがよく涼しく感じられた。

通り雨でもこないかと恨めしげに空を見あげるが、そんな気配はみじんもない。小さな振り分け荷物からにぎり飯を出して頬張《ほおば》り、水の入った竹筒に口をつける。

本来は色白な隼人だが、旅のおかげで真っ黒に日焼けしていた。無精髯《ぶしょうひげ》も生え、月代《さかやき》も伸びている。

色男が台無しだぜと、隼人は頬髯をぞろりとなでた。なにやら剣呑《けんのん》な声が聞こえてきたのはそのときだった。

「野郎ッ！　ただじゃおかねえ！」

「おう、やるんだったら存分にやってやろうじゃねえか！」

尋常とは思えぬ威勢のいい声だった。

隼人はにぎり飯を頬ばりながら耳をそばだてた。喧嘩腰《けんかごし》のやり取りがとぎれとぎれに聞こえる。

「こうなったらてめえら、生かしちゃ帰《けえ》さねえ」

「やれるもんなら、やってみやがれ。だが、五体満足でいたけりゃ、おとなしく約束の金を出したほうが身のためだ。さあ、どうする？」

隼人は編笠を被《かぶ》りなおし、汗を吸っている顎紐《あごひも》を締め、ゆっくり腰をあげて声のするほうに足を向けた。

それは街道から少し外れの、苔《こけ》むした草庵の前だった。強い風が吹けばいまにも倒れそうな小さな家の壁は剝《は》げ落ち、戸板が外れかかっていた。気色《けしき》ばんでいる男たちは三対三で向かい合い、互いに刀を抜いていた。身なりから察するに地《じ》侍《ざむらい》のようだ。

隼人は一本杉の根方に腰をおろし、背中を幹に預けて見物することにした。

「二十両だ。それさえもらえりゃ、こっちに文句はねえ」

というのは総髪の男だった。

「たわけたことをぬかしやがる。聞いたかい、二十両だと。あんな醜女《しこめ》が二十両だと。聞いてあきれるとはこのことだ」

蝦蟇《がま》面《づら》の男が、ガハハと汚い歯茎《はぐき》を見せて笑い飛ばした。

総髪の男の顔が紅潮した。どうやら、女のことで揉めているようだ。くだらぬと、高みの見物をきめこむ隼人はかぶりを振る。

「ええい、とっとと返事をしやがれ。払う気があるのかないのか、ええ、どっちなんだ」

総髪の男が一歩踏みだして肩を怒らせた。

「払え払えというが、こちとらそんな約束をした覚えはねえんだ。なんの話かと思ってきてみりゃ、いい掛かりをつけての強請《ゆすり》たかりだ。手賀沼《てがぬま》の甚五郎《じんごろう》も落ちたもんだ」

「何をッ」

甚五郎と呼ばれた総髪の男は、両眉を跳ねあげた。

「てめえら汚ねえ真似《まね》しやがって。こうなったら三郎助《さぶろうすけ》、てめえのそっ首打ち落としてやる」

「やれるもんなら、やってみろってんだ！」

三郎助という蝦蟇面は、右下段に刀を構えて間合いを詰めた。二人の仲間がそれに合わせて動く。甚五郎たちもそれぞれに身構えた。

両者の話し合いもこれまでということだ。近くの木の上で鴉《からす》が鳴き騒いでいるが、対峙《たいじ》している二組の間には、緊張の糸が張りつめている。甚五郎たちはじわじわと間合いを詰める。三郎助らも一歩も退く素振りを見せず、目をぎらつかせたまま相手の隙を窺《うかが》っている。頬をつたう汗が顎に流れてしたたった。

「見ておれぬ」

隼人は立ちあがると、

「おい、やめぬか」

と、声をかけた。

三郎助がちらりと、隼人を用意していやがったのか。汚ねえことしやがる」

「甚五郎、助っ人を用意していやがったのか。汚ねえことしやがる」

「いや、知らぬ男だ」

甚五郎が隼人から三郎助に顔を戻していう。

「聞いておればくだらぬ喧嘩。いい大人が女がどうの、二十両がどうのとみっともないぜ」

隼人は両者のそばに行って立ち止まった。

「誰か知らねえが、邪魔《じゃま》立て無用だ」

三郎助が喚《わめ》く。

「おう、引っ込んでいな」

甚五郎も隼人に剣呑な目を向けた。

「引っ込んでおれぬだろう。人がせっかく涼んでいるのに、この騒ぎ。黙って見ておれば、まるで子供の喧嘩だ。おとなしく刀をしまって帰ることだ」

「うるせー！　見も知らぬ野郎に、がたがたいわれたかねえわ」

三郎助がつばを飛ばしながら毒づいた。

「小馬鹿にしたものいい。気に食わぬやつだ」

甚五郎も隼人ににらみを利かす。

「人が親切に仲立ちしてやろうというのに……。どうやらおぬしら、道理をわきまえぬ相当の馬鹿者と見た。ならば、存分にやり合うがよかろう。しょせん、おれには関わりのないことであるからな」

隼人は男たちをひと眺めして、くるりと背を向けた。

甚五郎と三郎助は目を見交わして、隼人の背中に視線を戻した。

「邪魔者を先に片づけてから、あらためて勝負だ。どうだ？」

甚五郎がささやき声で持ちかければ、

「いいだろう」

と、三郎助が応じた。

六人の地侍は、刀の切っ先を去りゆく隼人の背中に向けた。

「おい、待ちやがれ。水を差したやつをのこのこ帰すわけにはいかぬ」

三郎助の声が隼人を追いかけてきた。

「……やはり相当の馬鹿だ」

隼人は立ち止まってつぶやいた。関わった自分も馬鹿だったと後悔する。妙なことになってしまった。

六人の男たちが、怒濤《どとう》のように背後に迫る気配がある。隼人は鯉口《こいぐち》を切って、くるりと振り返った。

二

まっ先に撃ちかかってきたのは、甚五郎の仲間だった。

隼人は刀の柄頭《つかがしら》で、その男の顎を砕いた。

「ぎゃあ」

相手は万歳《ばんざい》をする恰好でのけぞって倒れた。隼人は目もくれずに刀を引き抜き、さっと腰を落とすと、刀の切っ先を三郎助の眉間《みけん》に狙い定めた。刀は右腕一本で持っている。

「うっ……」

隼人の早技に気圧《けお》された三郎助が、撃ち込もうとした足を止めた。

「きさまらとやり合うつもりはない。だが、かかってくれば容赦《ようしゃ》はせぬ」

隼人は双眸《そうぼう》を光らせながら静かに諭《さと》した。

口をねじ曲げた甚五郎が右に回り込んだ。他の仲間も隼人を取り囲むように動いた。

「怪我をしたくなければ、刀を納めることだ」

もう一度いってやったが、馬鹿者たちは聞きわけがなかった。

「小癪《こしやく》な……」

甚五郎がひと声あげて、右から袈裟懸《けさが》けに刀を振ってきた。

隼人はパッと身をひるがえして斬撃をかわすなり、愛刀を横薙《よこな》ぎに払い、返す刀で逆袈裟に振りあげた。二歩右に進み一人をかわすと、一直線の刺撃《しげき》の牽制《けんせい》を送り込んで胴を抜き、さらに背後から撃ちかかってきた男の腕をたたき落とした。

「死ねッ！」

その間に、三つの悲鳴が鴉の鳴き声を遮《さえぎ》った。残りは二人であるが、隼人の気迫に恐れをなして、そのまま遁走《とんそう》した。

見送った隼人は、涼しげな目を細めて刀を鞘《さや》に納め、そのまま草庵をあとにした。背後の地面で四人の男たちが苦しみもがいていた。

斬り殺してはいない。顎を砕いた者と腕をたたき落とした者以外は、みな棟打《むねう》ちである。目が覚めれば、少しは己《おのれ》の馬鹿さ加減に気づくだろう。

それから半刻《はんとき》（一時間）後、隼人は我孫子宿にある 橘《たちばなや》 家という旅籠《はたご》に草鞋《わらじ》を脱いでいた。

我孫子宿は千住《せんじゅ》から四番目にある宿場であるが、小金宿《こがねしゅく》と取手宿《とりでしゅく》の間にあり、本陣一、脇本陣一、東西およそ十町、家数百十四軒、布川街道《ふかわかいどう》（成田《なりた》街道）との分岐点となっているにぎやかな宿場である。

隼人が我孫子に入ったのには訳がある。江戸川《えどがわ》の渡船場《とせんば》で、我孫子の橘家という旅籠に評判の女がいると聞いたからだった。

「そりゃお侍さん、一度拝んでいかれると、土産話《みやげばなし》になりますよ」

四十がらみの船頭の一言が、隼人の気持ちを変えたのだった。

「それほどいい女であるか」

「水もしたたるいい女だそうで。年のころは二十一、二。この辺の娘にしては色が白くて、肌理《きめ》の細かい肌をしているといいます。いや、あっしはじかに見たことはないんでございますが、そのような噂です」

「そそられるな」

渡船場の茶店でのことだった。

「肉置《ししお》きもよいと申しますからね……ふふ、ふふッ」

船頭は助平そうな含み笑いをした。

結局、隼人は舟旅を中断して、我孫子まで足を延ばしたのだった。その途中で、馬鹿な地侍の喧嘩騒ぎに関わったのである。

「風呂にはもう入れるか?」

客間に落ち着いた隼人は、茶を持ってきた女中に訊ねた。

「ええ、いつでもお使いください」

色の黒い女中は、どことなく物欲しそうな目で見てくる。

「では旅の垢《あか》を落とすとするか。そうだ、お駒《こま》と申す女がいるそうだな」

「あ、はい」

女中の顔がこわばった。目に落胆《らくたん》の色がありありと浮かぶ。

「夕餉《ゆうげ》のあとでよいから、その女を呼んでくれぬか」

隼人が言葉を重ねると、女中は拗《す》ねたように唇をとがらせた。

「これは手間賃だ。取っておけ」

小粒を渡すと、女中の口許にあきらめの笑みが浮かんだ。

「頼んだからな」

隼人は湯に浸《つ》かり、旅の汗と垢を洗い流し、無精髯と月代を剃《そ》ってさっぱりした。

「あれ、お侍さん、さっきとは大違い」

夕餉の前に酒肴《しゅこう》を運んできた女中は、目をぱちくりさせた。

「変われば変わるもんですね。こんなに色男だとは思わなかった」

「つまらぬ世辞《せじ》をいうものではない」

「いいえ、お世辞じゃありませんよ。ほんとですよ」

女中は隼人に見惚《みと》れていた。

「それより、お駒には話はつけてくれたのだろうな」

「わたしも呼んでもらうのは、だめですか……」

隼人は短く笑って、

「おまえさんは冗談が好きなようだな」

と、軽くいなして誤魔化《ごまか》した。

旅籠の夕餉は正直なところ、まずかった。許せたのは利根川《とねがわ》で獲《と》れた小鮒《こぶな》の甘露煮《かんろに》だけである。酒の肴《さかな》としては、なかなか乙《おつ》なものであった。

ほとんどの料理を食べ残し、団扇《うちわ》を使いながら風鈴《ふうりん》の音を聞いていると、障子の向こうから声がかかった。

「おすみでしょうか？」

世話を焼いている女中の声ではなかった。

「大方すんでおる。下げてくれるか」

するっと障子が開き、若い女が頭を下げて、

「お呼びに預かりました、お駒と申します」

と、ゆっくり面《おもて》をあげた。行灯《あんどん》の明かりが色白の細面《ほそおもて》を染めた。隼人はしばし、お駒を眺めた。思ったより小柄ではあるが、見た目より肉づきはよいとみた。

「入れ」

うながすと、お駒が敷居を越えて障子を閉める。その際に、裾からのぞく細く締まった足首が見えた。尻の形もよい。隼人は口許に笑みを浮かべた。なるほど、船頭の言葉に嘘はなかった。

「これへ」

隼人が呼ぶと、お駒は衣擦《きぬず》れの音をさせて近づき、銚子《ちようし》を持って酌《しやく》をしてく

れた。しなやかな指が目についた。

「そなたも……」

酌を返すと、お駒は素直に受けた。柳眉《りゅうび》に黒くすんだ瞳《ひとみ》。鼻筋は通っているがそう高くもない。口はやや小さめだが、唇のほどよい厚さは官能的である。

「お客さん、お名前を……」

「隼人だ。不知火隼人と申す。……気に入ったぞお駒」

いうが早いか、隼人はお駒の腕をつかみ取って引き寄せた。

「あれ……」

お駒の声は途切れた。隼人が魅力的な唇を塞《ふさ》いだからである。

お駒の手が隼人の肩に置かれた。隼人の手はお駒の背にまわった。二人の体に蚊遣《かや》りの煙がまといつくようにからみ、風鈴がちりんと鳴った。

三

江戸城本丸大奥《おおおく》――。

隼人が我孫子で道草を食った翌日のことである。

歌橋《うたはし》は大奥長局《ながつぼね》にある居館で、長煙管《ながぎせる》を落ち着きなく吹かしつづけていた。

脇息《きょうそく》にもたれ、足を斜めにした横座りで、宙の一点を見つめつづけていた。化粧《けしょう》はしているが、白粉《おしろい》は深くなりつつあるしわに埋め込まれている。血色のよくない顔を、赤い紅が誤魔化していた。

もういくつになるのだろうか?

歌橋のたしかな年を知る者はいない。しかし、この女はただ者ではなかった。大奥にあって権力をにぎるのは、将軍の正室である御台所《みだいどころ》ではなく、御年寄《おとしより》といわれる女中である。年寄と呼ばれているからといって、必ずしも年輩の女というわけではない。なかには二十代の若い女もいる。御年寄は大奥内の万事を指図し、表の老中と対等に渡り合う陰の実力者で、ときに幕政の人事に隠然たる影響を及ぼすこともある。

御台所の権威を保つ立場にあるために、御三家《ごさんけ》(尾州《びしゅう》・紀州《きしゅう》・水戸)や御三卿《ごさんきょう》(田安《たやす》・一橋《ひとつばし》・清水《しみず》)の訪問があっても、頭を畳につけてへりくだるようなこともしない。

歌橋はその御年寄よりもさらに格式の高い上臈《じょうろう》御年寄という役職にあった。大奥女中の最高位であるが、実際に大奥を束《たば》ねるのは御年寄であり、実権はないとされていた。ところが、ときの将軍家定《いえさだ》が乳母《うば》であった歌橋に絶大な信頼を寄せていたため、その力を背景に歌橋は大奥を取り仕切っていたのである。

その権勢は、将軍付きの御年寄瀧山《たきやま》はいうに及ばず、生母本寿院《ほんじゅいん》を凌《しの》ぐものがあった。

しかし、いま、歌橋には悩みに悩んでいることがあった。

それは老中首座にある阿部伊勢守正弘《あべいせのかみまさひろ》からの注進《ちゅうしん》がある前からわかっていたことではあるが、じっとしてはいられなくなった。

「お琴《こと》、これお琴や……」

歌橋のいる長局向《むき》（大奥女中の居室）は広い。声を張らなければ、隣の間に控える表使《おもてづかい》や右筆《ゆうひつ》の部屋には聞こえない。なにせ居室の広さは二十畳はある。もっと述べておこう。長局には二つの居室の他に、寄付《よりつき》の間、部屋方《へやかた》の間、そして廊下がある。

「お呼びでございましょうか」

御簾《みす》の向こうに呼ばれたお琴がやってきて、頭を下げた。指図を受けて諸処《しょしょ》の仕事をこなす表使で、大奥の事務をつかさどる広敷《ひろしき》役人との折衝《せっしょう》にあたったりもする。

「駕籠《かご》を用意しやれ。外出《そとで》をいたす」

「……どこへお出かけでございましょうか」

「上野《うえの》へまいる」

一瞬、お琴は声を呑んだが、

「かしこまりました。すぐにご用意いたします」

と、答えた。

お琴が下がると、歌橋は支度にかかった。御殿女中の外出は滅多にできないことになっているが、老中の許しがあればその限りではない。また、門限もおおむね昼八つ（午後二時）が原則であるが、これも老中の認可があれば例外であったし、歌橋ほどの上臈御年寄になればかなり融通を利かせることができた。

縮緬松《ちりめんまつ》に柴垣模様《しばがきもよう》の打《う》ち掛《か》け、髪は笄《こうがい》を外せば簡単に下げ髪になる片外《かたはず》し。市中で目立たぬよう、なるべく地味な簪《かんざし》と笄に替えた。

それから半刻後、歌橋は駕籠に乗り込み、表使のお琴と右筆ひとり、御使番三人、お末《すえ》（お半下《はした》）五人を連れて本丸御殿から平川門《ひらかわもん》に出た。

優美な意匠《いしょう》を凝らした駕籠に、十人の女がついているので、いやでも目立ってしまうが、歌橋はそれでも地味なほうだと気にかける様子はない。

ただ、揺られる駕籠のなかで、将軍家定のことに頭を悩ますのであった。家定はこの年、六月二十二日に父・家慶《いえよし》が没したために、将軍の地位についたばかりであった。

しかし、幼いころから虚弱かつ引っ込み思案であり、政務に対する熱意がなかった。とは申せ、天下の将軍職にある男である。もっとも、正式に十三代征夷大《せいいたい》将軍《しょうぐん》に任じられるのはこの年の十月になってからではあるが、実質的な将軍に違いなかった。

駕籠に揺られる歌橋の顔は苦悩に満ちている。苦しい時期をなんとか乗り越えなければならなかった。

「この歌橋が、しっかりせねば……」

駕籠のなかでつぶやいた歌橋は、きりっと唇を引き結んだ。

四

上野寛永寺《かんえいじ》の寺領に、青竜院《せいりゅういん》がある。

住職は寂運《じゃくうん》という老僧であった。おそらく年は六十前後であろう。生臭坊主であるし、女犯《にょぼん》をあたりまえとする破戒僧《はかいそう》でもある。もちろん、上野山内《さんない》にある寺領で表立ってそのようなことをしているわけではないが、知る人ぞ知るとんでもない坊主だった。

太いゲジゲジ眉には白いものが混じり、でんと座った大きな鼻に、睨《にら》めば仁王《におう》のようなぎょろ目が光る。

しかし、豪放磊落《ごうほうらいらく》で、いたって人なつっこい笑顔も見せる。

「ほら、そっちへ行け、いつ迷い込んできたのだ。まったくもってけしからぬ猫だ。シッシ、シッシ……」

寂運は数日前から迷い込んでいる野良猫に手を焼いていた。ただ、遊びに来るのなら目をつむっているのだが、野良猫は人の隙を見て、本堂の供物《くもつ》を勝手に盗み食うのである。勤行《ごんぎょう》の座布団《ざぶとん》に食い散らかしたものが残っていて、僧衣を汚したことが二度もある。

寂運に追われた猫は、庭の柿の幹を這《は》い上がると、太い枝から築地塀《ついじべい》の屋根に飛び移って姿を消した。

「泥棒猫め」

寂運は猫の消えた塀をにらんで毒づいた。

やれやれと腰をたたき、青々と葉を繁らせた柿の葉越しの空を見あげた。よい天気ではあるが、じっとしていても暑い。暑くてたまらぬ。秋に入ったというのに、夏の暑さが去っていなかった。

縁側で腰をおろした寂運は、着流した小袖の襟を大きく開き、扇子《せんす》で風を送った。一時ほどではないが、まだ蟬《せみ》の声がある。

そよとも風が吹かず、一段と暑さが厳しい。どの雨戸も開け放しているので、風の通りはよいはずなのに、今日はその風がなかった。剃る必要のなくなったつるつる頭には、粟粒《あわつぶ》のような汗が浮いている。

脛《すね》に張りついた蚊《か》を、ぺしりとたたきつぶしたとき、小僧がやってきた。

「和尚《おしよう》さん、女の客人が来ました」

「女……」

はて、そんな客を呼んだ覚えはないがと、寂運はしばし考えた。だが、近ごろは物覚えが悪くなっている。約束して忘れているのかもしれないと思った。

「どんな女だ。若いか、それとも年増か？」

「派手な衣装を纏《まと》っております。年増もいれば若い女もいます。十人はいるでしょうか。これまた派手な駕籠で山門に乗りつけたばかりです」

「……駕籠でやってきたと申すか。名は？」

「年増はえらそうな口ぶりで、歌橋が来たと取り次げといいました」

「何ッ」

寂運は太い眉を上下に二回動かした。

「珍念《ちんねん》、それは大奥の御年寄だ」

「はあ」

珍念は目をぱちくりさせる。この春、寺にやってきたばかりの小僧だから何も知らないのだ。

「とにかく失礼があってはならぬ。書院にお通ししなさい。いや、おまえでは心《こころ》許《もと》ない。丈運《じょううん》に案内をするように申せ」

「では、そのように……」

珍念が駆け去っていくと、寂運は庫裡《くり》に戻り、慌てて僧衣に着替えた。

「まったく急にいったいなんだというのだ。こんなくそ暑いなかを訪ねてくるとはよほど暇なのか、それとも危急の用事か……。とにかくさっさと追い返そう」

ぶつぶついいながら着替えを終えた寂運は、額《ひたい》の汗をぬぐってから、ひとつエヘンと空咳をした。襟を正し、勿体《もったい》をつけた足取りで、歌橋を待たせている書院に向かった。

書院と庫裡は一棟となっているが、造りは違っていた。書院は入母屋《いりもや》造りに二重裳階《もこし》付きで、庫裡は切妻《きりづま》造りである。本堂は別棟となっている。

「はあ、これはめずらしいお方が、よくおいでなされた」

寂運は書院の前に行くと、端然と座って待っている歌橋の顔を見て、気さくな声をかけた。そのまま、にこにこと愛嬌《あいきょう》ある笑みを浮かべて対座する。

「お元気のご様子」

「ご覧のとおりでございますよ」

「それは重畳《ちょうじょう》、何よりでございます」

歌橋はにこりともせずに応じる。

「久しぶりに茶でも点《た》てましょうか」

その気もないくせに寂運はいったが、望まれればしかたないと腹をくくる。

「和尚の茶を飲んでいる暇はない。火急の相談があってまいったのですが、しばしお相手くださいますね」

「何も遠慮することはございません。当寺は見てのとおりの暇寺。遠慮せず、二晩でも三晩でもお泊まりになってもかまいませんぞ。ワハハ」

心にもないことをいって寂運は笑い、書院の廊下に控えている供の女たちをすばしっこく見て品定めした。可愛い女がひとりいる。だが、ちらりと見ただけですぐに歌橋に視線を戻した。

「それで、いかようなことを……」

「大きな声では申せませぬが、殿の身の振り方を懸念しているのでございます。考えた末に、やはり和尚の知恵を拝借したく罷《まか》り越《こ》した次第です」

歌橋は供の女たちに聞こえないように声を抑えていう。

「いったいどのようなことを……」

寂運も声を落として聞き返す。ついで一膝詰めた。

「御用部屋におられた和尚は、世継ぎの折に、いかにわたくしや伊勢守が頭を悩ませたかおわかりでしょうが、殿はあのようなお方。後ろ盾がなければ政《まつりごと》はどうにもなりませぬ。そのために伊勢守の苦労は絶えず、わたくしとしても、じっとしているわけにはまいらぬのです」

「いかにも、そうでござりましょうな」

「しかし、わたくしは御殿に住まっているだけで、自由になる身でもなければ、殿方のように表立って動くこともできませぬ。和尚は慎徳院《しんとくいん》（徳川家慶）さまご健在のときにも何かと力になられたお方」

「そういわれると、くすぐったい。拙僧《せっそう》はただの御用部屋の坊主で、挙《あ》げ句《く》、粗《そ》相《そう》をして殿中を追い出された身。いやはや、それがしの力など霞《かすみ》のようなものです」

　江戸城詰めの坊主だった寂運の粗相とは、大奥の女に手を出したことだった。表沙汰《おもてざた》にならず、穏便《おんびん》な処置ですんだのは歌橋と家慶の取り計らいがあってのことだった。

「いいえ、わたくしは存じております。和尚が並々ならぬ知恵者であることも、人を動かすことに長《た》けていることも……」

「それで、いったい何を？」

　遮っていうと、歌橋は縁側の向こうにある書院風の庭園に目を向けた。庭には枝振りのよい松があり、紅葉の時季に目を楽しませてくれる楓《かえで》が枝を広げている。

「伊勢守は異国の船に頭を悩ませておられます。無論、他の政務もありますが、異国船の到来は国難につながること必至《ひっし》。これをうまく片づけなければ、殿の権威も地に墜《お》ちるというものです。先に海防掛《かいぼうがかり》が設けられたのもそのひとつではありますが、亜米利加《あめりか》の黒船がやってきて以来、諸国には不穏な動きがあります」

歌橋はそう前置きすると、延々と話しはじめた。

問題は先月、亜米利加合衆国の東印度艦隊《ひがしいんどかんたい》が浦賀《うらが》にやってきて通商を求めたことにはじまっていた。老中・阿部伊勢守正弘は回答を保留し、鎖国《さこく》を理由に要求を拒否するかどうかを、各大名に諮問《しもん》している。

歌橋はこの問題は今後大きくなるというのである。

耳を傾けている寂運は、歌橋の機微《きび》を読みながら、その胸中を慮《おもんぱか》ってはいたが、すべてを頭に留めてはいなかった。必要でないと思うところは切り捨て、ときに扇子を使いながら、ときに供の女たちに目を向けたりして、肝腎《かんじん》な部分だけ心に留め置くようにしていた。

「和尚が使っているお波奈《はな》の方の隠し子がおりますね。たしか、名を……」

話し終えた歌橋は、最後にそんなことを口にした。これには寂運も驚かずにはいられなかった。しかし、表情には一切表さず、

「ほう、なぜそのことを……」

と、問い返した。

お波奈の方は、幕臣菅谷政徳《すがやまさのり》の娘で家慶の側室になった御殿女中だった。米姫《まいひめ》と暉姫《てるひめ》を生んでいるが、じつはその前にもうけた子がいたのである。それがいま

歌橋が口にした隠し子のことだった。

「この歌橋の目は節穴《ふしあな》ではございませぬよ。慎徳院さまご健在のときに、彼《か》の者はよいはたらきをしているではありませんか」

「これはしたり……」

べんと、寂運は自分の禿頭《とくとう》をたたいた。

「名はなんと申しました？」

「不知火隼人です」

寂運が答えると、歌橋は真剣な眼差しを向けてきた。

「その不知火なる者を動かしていただきましょう」

五

隼人が我孫子宿の旅籠橘家に投宿して丸二日がたっていた。

手水場《ちょうずば》で手を洗った隼人は、庭先に咲く芙蓉《ふよう》に目を細めた。瑞々《みずみず》しい花に夜露が光っている。朝日はまだ弱いが、今日も暑くなりそうだ。

隼人は晴れ渡った空に浮かぶ雲を眺めてから部屋に戻った。

お駒が窓辺でうつむいていた。部屋の隅を見ると、たためと申しつけたはずの夜具がきれいに敷きなおしてある。

「いかがした?」

隼人は部屋に入ると、後ろ手で障子を閉めた。

「ほんとに今日、お立ちになるのですか?」

お駒は顔をあげると、潤《うる》んだ瞳で隼人を見つめた。

「いつまでもこの宿で油を売っているわけにはまいらぬのだ」

「だったら……」

お駒が膝をすって近寄ってきた。

「なんだ?」

「もう一度、わたしを抱いてください」

「……ならぬ。そろそろ出立《しゅったつ》の支度をしなければならぬ」

とはいえ、手持ちの荷はないに等しかった。背を向けて、小さな振り分け荷物を引き寄せ、手拭《てぬぐい》や煙草《たばこ》、足袋《たび》などを詰めはじめた。

背後でうなだれているお駒の気配がある。吹き込んでくる朝の涼風《りょうふう》が、風鈴を鳴らしている。

お駒を抱いてわかったことがあった。この女は男をだめにする。たしかに魅力的ではあるが、お駒は己も知らぬ魔性の天稟《てんぴん》を備えているのだ。ときにこういう女にめぐり会うことがあるが、隼人は感情を移さないように気をつけているし、腫《は》れ物《もの》を避けるように触れないときもある。

お駒を抱いたのは単に無聊《ぶりよう》を慰めるためであった。お駒は素晴らしい体の持ち主だった。餅《もち》のような柔肌《やわはだ》は吸いついて離さず、愉悦《ゆえつ》の深淵《しんえん》にはまれば、隼人を巧みに刺激してからまってくるのだ。一晩に気を遣《や》ること二度三度、さらに夜中に目が覚めれば、また求めてくるという始末であった。

床のなかで言葉を交わして、お駒が江戸から逃れてきたと知った。かつては苦《く》界《がい》にいたのである。吉原《よしわら》だとはいわなかったが、いずれにしても江戸のどこかの傾城屋《けいせいや》にいたのはたしかであろう。

よくぞ逃れてきたものだと感心すれば、身売りをしてまで生きていようとは思わなかったといった。ところが、当の本人はまた同じことをしている。

――他に生きる道を見つけられなかったからです。

お駒はそういって涙したが、隼人はそれが真の涙だとは思わなかった。不幸を背負っていることに変わりはないだろうが、お駒は生来が女を武器にして生きるしかない運命にあるのだ。

お駒が隼人の肩に手をかけて、ねだるようにいった。

「だめでしょうか？」

「駄々をこねる小娘と同じだな」

冷たく突き放すと、お駒が立ちあがって、こっちを見てくれとせがんだ。隼人はしかたなく首だけを動かして、顔を向けた。

お駒はきらきら光る瞳を、まっすぐ隼人に向けたまま、帯をほどき、綸子《りんず》の着物を滑り落とし、緋縮緬《ひぢりめん》の襦袢《じゆばん》姿になった。隆起した形のよい乳房と、見事にくびれた腰、そしてすらりと伸びた脚が、薄い襦袢ごしに透かし見える。

「未練がましい。他の男ならいざ知らず、おれを見くびるでない」

「なんと……」

初めてお駒の目に怒りが湧き、頬に朱が差した。

「怒りたければ怒れ。おまえは金で身を売る女。おれごとき男にうつつをぬかして、この先どうして生きる。気紛《きまぐ》れなことをするでない」

鞭《むち》のような言葉をぶつけてやると、お駒ははっと目を見開き、雷にでも打たれた顔をした。それから膝からくずおれ、うつぶせになって肩を震わせた。

「もっと早く、早くあなたに会っていたらよかった。あなたのような人に会っていれば、わたしはこんな苦労はしなくてよかったかもしれない」

お駒はそういって短く嗚咽《おえつ》し、気持ちを取りなおしたように顔をあげて嘆息した。すがすがしい笑みさえ浮かべる。

「わかりました、不知火さま。これ以上の無理は申しません。その代わり、途中までお見送りさせてください」

切り替えの早い女である。途中までの道案内役にはなるであろう。

「よかろう。頼む」

お駒の顔がぱっとはじけるように明るくなった。こういったところに、世の男たちは惑わされるのだ。お駒はそうやって男どもを幻惑しながら生きていく女なのだ。

小半刻（三十分）後、隼人はお駒を伴って橘家をあとにした。

じりじりと大地を焦がす太陽が、往還《おうかん》に照りつけていた。馬を引く百姓や行商の者らとすれ違う。徒党を組んで歩く武士の姿もあった。

町屋が切れると、突然、閑散とした田舎道となった。道はしばらく行ったところで二手に分かれた。

「どっちだ？」

それまで黙って歩いていた隼人は、立ち止まってお駒を振り返った。

「こっちです」

お駒は左の道に顔を向けた。

「水戸街道です。この先に青山村の渡船場があります。舟に乗るならそちらが便利です」

「さようか。ならばここまででよい。世話になったな」

「…………」

お駒は無言で見つめてくる。

「いかがした？　まさかついてくるというのではあるまいな」

「いいえ」

と、お駒は首を振ってつづけた。

「さっきいったことは嘘ではありません。不知火さまにもう少し早く会っていたら、わたしは違う道を選ぶことができたと思います。だけど、もう遅い。……わかっているから」

お駒の目の縁に涙が浮かんだと思ったら、すうっと頬をつたって落ちた。

「……いまからでも遅くはない。己をじっくり見つめ返してみることだ。よい生き方が見つかるやもしれぬ。では、世話になった。達者でな」

隼人はくるっと背を向けて歩きだした。正直後ろ髪を引かれていた。だが、あとに戻れば自分がだめになり、お駒もだめになることがわかっていた。確信があるわけではない。きっとそうなのだと、隼人は本能でそう思うのであった。

お駒もそれがわかったのかもしれない。声もかけず、ただ遠ざかる隼人を見送っているだけだった。

しかし、隼人の姿が見えなくなると、その場にしゃがみ込み、両手で顔を覆《おお》って泣きはじめた。

お駒と別れて半里ほど行ったときだった。前方の道に、五、六人の男たちが道を塞ぐように姿を現した。横一列に並んで、近づいてくる隼人を認めると、

「やはり、そうだ」

と、ひとりの男がいった。手賀沼の甚五郎だった。

足を止めた隼人は、編笠の庇《ひさし》を持ちあげて、男たちを眺めた。

「何用だ？　まだ、懲《こ》りておらぬのか」

「冗談じゃない。この辺にいるのではないかと思っていたら、やはりいやがった。ここで会ったが百年目とはまさにこのことだ」

いうのは、甚五郎の隣に立つ三郎助だった。

「仕返しか……」

「黙っていられぬからな」

甚五郎はそういうと、「沼田《ぬまた》さん」と声を張った。

脇の道から人相の悪い、ひとりの浪人が出てきた。剣呑な目つきで、隼人を見据える。

「今日はおれが相手だ。きさまの命、頂戴する」

浪人の沼田はつぶやくと、懐手《ふところで》のまま隼人に近づいてきた。

六

隼人は立ち止まったまま、距離を詰めてくる沼田に注意の目を向けながら、甚五郎たちの動きも警戒した。

「……なるほど、女をめぐって仲間割れをしたが、今度はつるんでの意趣返し《いしゅがえし》というわけか。下衆《げす》はどう転んでも下衆。つまらぬ」

「黙りやがれ！　沼田さんは、この辺じゃ向かうところ敵なしの剣客《けんかく》だ。旅の侍に馬鹿にされて引っ込んではいられねえんだよ。てめえの命も今日限りだ。ガハハハ」

三郎助は大声で笑った。他の仲間もへらへらと、いたぶるような笑みを口の端に浮かべた。

風が乾いた地面の土埃をさらさらと舞いあがらせた。沼田という剣客は、隼人との間合い三間（五・四メートル）のところまできて足を止めた。

「旅の者、名は？」

沼田が聞いてきた。鑿《のみ》で削ったようなゴツゴツの悪人顔である。目には何人も人を斬った冷たい光があった。

「きさまに名乗るほどの者ではない」

「生意気な……ならば、黙って死んでもらおう」

沼田はするりと刀を抜いた。手入れの行き届いた刃が日射しをはじいた。

「意味のないことを……」

「問答無用だ」

沼田は脇構えになって、一歩、また一歩と間合いを詰めてきた。一歩ごとに剣気を募らせ、総身に殺気をみなぎらせる。

だが、隼人は茫洋《ぼうよう》と立っているだけだった。周囲の林で鴉が鳴いていた。沼田の肩越しに見える甚五郎たちは、息を呑んで成り行きを見守っている。

「とおッ」

沼田が鋭い刺撃を送り込んできた。隼人はぱっと飛びすさると、肩にかけていた振り分け荷物を投げた。荷物はくるくる回りながら、沼田の顔面目がけて飛んでいったが、刀で打ち払われた。

紐が切れて二つの小葛籠《こつづら》が宙に舞った。刹那《せつな》、隼人は被っていた編笠を沼田に投げた。風切り音を立てて飛んだ編笠は、ばさりと断ち切られて地に落ちた。

「小癪な……」

沼田が口をねじ曲げて、間を詰めてくる。

隼人の右には一本の杉の木があった。左は土手で、その上は桑畑だ。沼田の利き足が地を蹴り、宙空《そら》に躍りあがった。上段に振りあげられた刀が、隼人の脳天めがけて撃ち下ろされてくる。

瞬間、隼人は地を蹴って、右の杉の木に体をひるがえすと、そのまま杉の幹をトンと蹴り、再び宙を舞い飛んで左の土手の上に立った。まるで猿《ましら》のような身軽さであった。

呆気《あっけ》に取られた顔をして、沼田が土手下から見あげてきた。その口がさも悔しそうにねじ曲げられる。

「くそ、逃げ回りやがって……」

「斬れるものなら斬ってみろ。馬鹿な仲間におだてあげられているきさまのようななまくらでは、到底おれを斬ることなどできぬ」

「なんだとッ！」

沼田は両の眉を跳ねあげ、顔面を紅潮させた。汗の筋が両頬をつたっている。

「どうやら相手をしなければ、おれはここを抜けられぬようだな。……こうなったら致し方ない」

隼人は太陽を背にして、ゆっくり刀を抜いた。

「来やがれッ」

沼田が誘いの声をかけたとき、隼人は再びくるりと宙に舞い、往還に立った。そのまま刀の切っ先を足許三尺先に向けた地摺《じず》りの構えを取る。胸元はがら空きである。よほどの練達者で、腕に自信がなければ取れる構えではない。

「舐《な》めやがって」

歯の隙間から声を漏らした沼田が、まっすぐ撃ち込んできた。

隼人は一歩も退かず、そのまま刀をすりあげるように振り切った。

「あわッ」

声を漏らしたのは沼田である。

だが、隼人はその沼田には見向きもせず、くるっと体を返すと、懐紙で刀身をぬぐって鞘に納め、歩きつづけた。使い物にならなくなった編笠はそのままだ。振り分け荷物もこの際忘れることにした。

横一列に並んで道を塞ぐように立っていた甚五郎たちが、近づく隼人を呆然《ぼうぜん》と見ている。その隼人の背後の道には沼田が横たわっていた。

「どけ」

隼人が声を張ると、甚五郎たちがおずおずと二つに分かれた。隼人はそのまま道の真ん中を歩きつづけた。甚五郎たちは震えながら、ただ見送るだけだった。

半刻後、隼人は青山村の渡船場で舟に乗り込んだ。

「船頭、どこまで行ける?」

「へえ、お侍さまのおっしゃるままでございます」

「ならば関宿《せきやど》(現・千葉県野田市《のだし》)までやってもらおう」

「へっ」

船頭は頬被《ほつかむ》りのなかにある目を丸くした。関宿までは直線距離にすれば約七里だが、利根川は大きく蛇行《だこう》しているので、それ以上の距離となる。

「舟賃ならある。懸念することはない」

「い、いえ、そういうことではありませんで……」

「なんだ、いやだと申すか」

隼人は船頭をすがめるように見た。

「駄賃はいささか高くつくことになりますが……」

「前金で払っておこう」

隼人が一両小判を投げ渡すと、船頭の相好《そうごう》が崩れた。

「それじゃ、まいりましょう」

現金な船頭が棹《さお》を突き立てると、舟は雁木《がんぎ》をすうっと離れて利根川に滑りだした。

秋の日射しを浴びる川面《かわも》はきらきら輝いていた。

隼人は関宿まで利根川を遡上《そじよう》し、帰りは合流する江戸川を行徳《ぎようとく》まで下って、そこから行徳船に乗り換え、江戸に到着するつもりであった。

「船頭、暑いなあ」

隼人は青い空に浮かぶ真っ白な入道雲《にゆうどうぐも》を見ていう。

「たしかに今年は、いつまでも暑さが去りません」

「おまえは暑さには慣れているであろう。すまぬが、笠を貸してくれぬか。編笠を失ってしまってな」

「ようございますとも、どうぞ遠慮なくお使いください」

上客を拾った船頭は機嫌がよい。

第二章　受　命

一

「まだ帰ってこぬか」

苛《いら》ついた声をあげるのは、寂運である。

「そろそろお戻りだとは思うのですが、なにせ気ままな方ですので……」

答えるのは為吉《ためきち》という隼人の家の中間《ちゅうげん》だった。

「それにしても和尚、ずいぶんとお急ぎのようでございますね。昨日は珍念という小僧がやってきて、言付けを残していきましたが、今日は和尚自らのお出ましですからねえ。さ、麦湯を……」

為吉がそっと麦湯を差しだすと、寂運は一口であおった。

「いい飲みっぷりでございます」

「茶化すでない。それにしてもやつは、どこをほっつき歩いておるのだ」

「なんでも関宿に墓参りということでございましたが……」

為吉は詳しく聞いていない。前頭部が禿《は》げているので髷《まげ》がやっと結えるほどの痩《や》せた男だった。年はまだ四十そこそこだが、しわ深い猿のような顔をしているので十歳は老《ふ》けて見えた。

「墓参りとは隼人にしては感心なことだが、関宿へ……。ずいぶん遠出をしたものだな。いったい誰の墓参りなのだ」

「さあ、それは……」

為吉は首を右に倒し、そして左に倒す。

「とにかく隼人が帰ってきたら、すぐ寺に来るように伝えてくれ」

「承知いたしました」

「頼んだからな。忘れるでないぞ」

寂運は念を押して隼人の家をあとにした。

その家は神田明神《かんだみようじん》と昌平坂学問所《しようへいざかがくもんじよ》からほど近い湯島《ゆしま》一丁目にあった。町長屋ではなく、れっきとした一軒家である。敷地は四十坪程度だが、独り身の隼人には充分だ。

扇子を使いながら歩く寂運は、神田明神下の通りまで来ると、目についた茶店に入って、麦湯を注文した。今日は僧衣ではない。いかにも涼しげな麻《あさ》の小袖を着流しているだけである。

「こんなに急いでいるときにかぎって、あの男……」

ぶつぶついいながら運ばれてきた麦湯に口をつける。それにしても、歌橋の焦《あせ》りと苦悩は尋常ではなかった。その焦りはつまるところ、老中首座にある阿部伊勢守正弘の悩みだと、寂運は推察する。

なにしろ父家慶の跡を継いだ家定は、病弱でなんとも心許ない人物である。思い余った家慶は、将軍継嗣《けいし》を水戸藩主、徳川斉昭《なりあき》の嫡男で一橋家《ひとつばしけ》を継いでいる慶喜《よしのぶ》に譲ろうとしたことがある。これに反対したのが、阿部伊勢守と歌橋だった。

「殿は斉昭殿を隠居謹慎《いんきょきんしん》になされ、斉昭殿の嫡男である七郎麿《しちろうまろ》（慶喜）さまに一橋家相続をいい渡されてもおられます。ここにいたって、水戸家、いやいまは一橋家ではありますが、その一橋家に世継ぎをお譲りになるのはいかがなものかと存じまする。殿は尊《たっと》くも権現《ごんげん》（家康《いえやす》）さまお血筋の家柄でもありまする。いまさら他家を持ちあげるとなれば、世の笑い者になりかねませぬ」

伊勢守が必死の説得にあたれば、

「殿、頭をお冷やしくださいまし。家定さまには伊勢守とこの歌橋が、ちゃんとそばにおつきして、しっかりとお仕えいたしますゆえ、なんの心配もござりませぬ」

と、歌橋も口を添えた。

家慶はそれでも呻吟《しんぎん》していた。

「家定は我が子とはいえ、心許なさすぎるのじゃ。あの子のことを思うあまり、幕政に支障が出るのではないかと気がかりでならぬ」

「殿、ご懸念には及びませぬ。家臣がしっかりしておりますれば、家定さまの政務に支障を来すことはありませぬ」

伊勢守は必死に食い下がったものの、家慶はしぶい顔をしていた。

だが、結局は二人の説得に折れ、ひとつのことを提案した。

「ならば、家定がどうしてもたちゆかぬときには、慶喜に相続させるということでどうじゃ。さすれば斉昭の面子《めんつ》も保てるのではないか」

苦慮の末の決断に、伊勢守も歌橋も納得した。

経緯《いきさつ》は御用部屋坊主をやっていた寂運の耳にも入ってきている。

「やれやれ……家定殿のような腑抜《ふぬ》けを世継ぎにするから、このようなことになるのじゃ……ふう……」

寂運はため息をつく。病弱な家定には、脳に支障があるのではというひそかな噂があった。表に出ることは少なく、なにかあれば、乳母である歌橋を実母のように頼るという。実際、家定が胸襟《きようきん》を開くのは歌橋だけであった。

「とにかく、隼人の帰りを待つのみか……それにしてもあやつ、いつ帰ってくるのやら」

寂運はぼんやりした目を、葦簀《よしず》に差された風車に向けた。

二

隼人が小網町《こあみちよう》の行徳河岸《がし》に着いたのは、その日の昼前であった。舟を下りて河岸地にあがった隼人は大きく伸びをして、周囲に目を向けた。やはり、江戸はにぎやかである。人の数も家も商家も、諸国とは雲泥《うんでい》の差だ。

さあて今日は家に戻ってゆっくりくつろぐか。そんな思いで、家路についた。だが、足取りは鈍い。慌てて帰ったところで、やることはない。中間の為吉が首を長くして待っているとも思えない。

本船町《ほんふなちよう》の魚河岸を抜け、室町《むろまち》に出て越後屋《えちごや》の長暖簾《ながのれん》を眺めながら八ツ小路《やつこうじ》方面に足を進める。行商の者に相撲取《すもうと》り、町娘に二本差しの勤番 侍《きんばんさむらい》、牛を引く者やら虚無僧《こむそう》やら。久しぶりに江戸に戻ってくると、人の多さに酔いそうだ。そうはいっても、隼人の旅は四、五日のことだった。

神田川に架かる昌平橋を渡ると、もう住居《すまい》は目と鼻の先である。早く汗と埃にまみれた着物を脱いでさっぱりしたかった。

木戸門のある家の前に立ったが、人の気配はない。縁側の雨戸は開け放たれている。為吉は近所にでも出かけているのであろう。

飛び石伝いに歩き、玄関の敷居をまたぐと、ぐうぐうとなにやら妙な音がする。座敷に目を向けると、為吉が鼾《いびき》をかいて昼寝の最中であった。

「ただいま帰った」

ひとつ息を吸って声を張ると、為吉が驚いたように飛び起きた。

「これは旦那」

為吉はびっくりして目をこすり、慌てて駆け寄ってきた。

「遅いお戻りでしたね。お待ちしてたんですよ」

そういいながら、為吉は隼人から差 料《さしりよう》を受け取る。

「昼寝をして待っているとは、粋《いき》なことをしやがる」

「待ちくたびれてたんです。じつは寂運和尚が、たびたびやってこられまして……いえ、見えたのはつい先ほどですが、昨日は小僧もやってきて、なにやら急ぎの用事が旦那にあるようなんです」

「なんだ、用事とは……」

隼人は座敷にあがると、着衣を脱ぎ散らかした。

「さあ詳しいことはわかりませんが、帰ってきたらすぐ寺のほうに来てもらいたいということでした」

「まったく、帰ってそうそうに呼び出しか。とにかく着替えが先だ。この暑さで、下着まで汗まみれなのだ」

着物を脱ぎ捨てた隼人は、ついでに下帯も剝ぎ取って、素っ裸になった。そのまま井戸端に行って、ざぶりざぶりと水を被り、ようやく人心地《ひとごこち》ついて体をぬぐう。贅肉《ぜいにく》はひとつもついていない。胸や肩は隆《りゅう》とした筋肉で盛りあがり、脚も尻もよく引き締まっていた。

「それで、どんな用事なのだ。見当はつかぬか？」

隼人は居間に戻ってからもう一度訊ねた。

「つきませんね。ただ急ぎ来てもらいたいということだけです」

「ふむ……」

隼人は下帯をつけて、為吉の差しだす着物の袖に手を通した。為吉になにも話していないということは、すなわち内密な仕事に違いない。

「気乗りはしないが、和尚のお呼びとあらば聞き流すわけにはゆかぬな。しかたない、ちょっと出かけてくるか」

隼人はキュッと帯を締めると、差料を受け取って家を出た。羽織袴なしで行儀《ぎょう》鮫《ぎざめ》（小紋《こもん》）を楽に着流しているので、幾分暑さはしのげた。

帰ってきてそうそうの外出なので、足取りは決して軽くない。按摩《あんま》でも呼んで、疲れた体を揉んでもらおうと考えていたが、そうもいかなくなった。

下谷御成道《したやおなりみち》から上野広小路の雑踏を抜ける。笛《ふえ》の音や太鼓《たいこ》の音、そして引きも切らない呼び込みの声に、立ち売りをする大道芸人たちのかけ声が交錯する。

寂運が住職を務める青竜院には、寛永寺の山門である黒門《くろもん》を通っていく道と、黒門東にある新黒門を抜けて車坂《くるまざか》を上る道がある。他にも行き方はあるが、隼人の家からだと、おおむねその二つの道が便利だった。

今日は黒門を通って寛永寺の境内《けいだい》に入った。まっすぐ歩き、時の鐘を左に見て、右の道に折れる。凌雲院《りょううんいん》の北端をまた折れる。しばらく行くと、四軒寺《しけんじ》という小路に出る。南から北へ順に、見明院《けんみょういん》、真如院《しんにょいん》、そして寂運の青竜院、福聚院《ふくじゅいん》が並んでいる。いずれも寛永寺の子院である。

青竜院の山門を潜《くぐ》ると、小僧がやる気なさそうに箒《ほうき》で地面を掃いていた。

「おい、珍念」

声をかけると、はっと珍念の顔があがった。隼人を認めると、嬉しそうに口許をゆるめた。

「和尚はいるか？」

「はい、隼人さまをお待ちでございますよ」

「それより、もう寺の暮らしには慣れたか？」

「ようように慣れてまいりました。隼人さまが見えられたことを伝えに行きましょう」

珍念はぱたぱたと草履《ぞうり》の音をさせて、庫裡のほうへ駆けて行った。

「和尚さま、和尚さま、隼人さまが見えられました！」

珍念は大声を張って庫裡の玄関に消えていった。すぐに縁側に寂運の姿が現れた。

「隼人、首を長くして待っておったぞ」

寂運にいざなわれた隼人は、玄関からではなく縁側の踏み石から座敷にあがった。

「ずいぶん急ぎの用がおありのようですが、いったい何事です？」

隼人は寂運と対座するなり問いかけた。

「天下の一大事だ。これからの話、心して聞け」

寂運はいつになく真面目くさっていうと、そばに来ようとしていた珍念を見て、

「人払いじゃ。しばらく誰もここに来てはならぬ」

と、厳しく申しつけた。

「いきなり天下の一大事でありますか」

「ああ、一大事も一大事だ。耳の穴かっぽじって聞くがよい」

三

隼人はとりあえず、指先で耳の穴をほじった。寂運はなにか文句をいいたそうに眉を動かしたが、そのまま用件に入った。

「これは上臈御年寄の歌橋殿からの相談だ。とはいっても、大いに伊勢守さまの

思惑が入っているに相違ないのだがな」

「歌橋と申されると、家定公の乳母……」

「いかにもさようだ。伊勢守さまとは申すまでもなく、ご老中のことである」

「また、そんな上からの話ですか。伊勢守さまからの相談は以前も受けておりますが、あれは大変な役目でした」

それは老中・水野忠邦《みずのただくに》が天保《てんぽう》の改革で行っていた不正を明らかにし、失墜《しっつい》させることだった。老中阿部正弘は、隼人がにぎった証拠をもとに、忠邦を罷免《ひめん》させることに成功したが、同時に南町奉行の鳥居耀蔵《とりいようぞう》や後藤三右衛門《ごとうさんえもん》らも処分した。これによって、阿部正弘はゆるぎない老中の座を手に入れたのだった。

「あのときはご苦労であった。とにかく話の腰を折るでない。おまえも聞いておろうが、六月にペルリという亜米利加人が黒船を率いてやってきた」

「大変な騒ぎでしたね」

「これ、黙って聞け。ペルリなる者は亜米利加国の親書を持ってきた。要求は鎖国を解き、開国せよというものだった。幕府は以前も、同じ要求を受けて断っている。しかし、再びの要求である。開国は大きな問題だ。家慶公が急逝《きゅうせい》されたのも、そのことに頭を悩まされたからだという話もある。しかし、黒船が来たことで諸国に不穏な動きがある。これに拍車をかけるように、長崎に露西亜国《ろしあ》からプチャーチンなる者もやってきたという」

「それはいつのことで……」

「今月の十八日だったらしい。プチャーチンもペルリと同じく開港と通商を求めたという。幕府はいまそのことで苦渋の選択を迫られておる。つまり、鎖国をやめて開国するべきか、あくまでも異国の求めを断り攘夷《じょうい》に出るべきかということじゃ。ところが、家定公はこの国難になんの関心も示されておらぬため、諸国の大名らが幕政に口を出してきておるそうなのだ。放っておけば家定公の権威を落とすだけでなく、幕府の屋台骨《やたいぼね》さえ揺らぎかねない。なんとしてもこの事態を収拾しなければならぬ、と歌橋殿は頭を悩まされておるのじゃ」

「それはつまり、伊勢守さまの心意《しんい》でもあるということですね」

「いかにもさようだ」

「……………」

「だが、わしが思うに、しょせんあれよ」

寂運は急に砕けた口調になって、膝を崩した。しばらく庭先を眺めて、

「歌橋殿も伊勢守さまも己の身が大事なのだ。考えてもみよ。もし、家定公が失

脚するようなことにならば、おそらく歌橋殿は上臈御年寄の座を奪われ、落飾《らくしょく》の道しかない。伊勢守さまは家慶公の世継ぎを、あくまで家定公に譲るように根回しされた方。ここで家定公の威厳を保つことができなければ、二人とも地に墜ちるということじゃ」

　と、ひと呼吸置いてからつづけた。

「……己の身の安泰を望むのは人間の醜い欲である。そうはいっても、この寺もまた寛永寺も、増上寺《ぞうじょうじ》も同じことだ。奥女中は代参と称して寺にやってくる。大奥の女どもがもっともくつろげるのが、この寛永寺であり増上寺だ。奥女中らを引き寄せ、味方につけるために、若くて見目のよい小姓《こしょう》をあてがったりする。寺も大奥連中に気に入られることで安泰を保つことができる」

　そういう寂運の目を、隼人は凝視《ぎょうし》した。

「和尚、わたしにはおぼろげながらわかっていることがあります。わたしの母も、御殿女中だったのではありませんか」

　寂運の目がわずかに見開かれた。

「そうではありませんか……」

「なぜそのようなことを申す」

「知りたいからです。和尚はきっと知っておられる」

「知っていたらどうする？　またそれを知ってどうする？」

「たあ！」

いきなりの胴間声《どうまごえ》に、寂運は後ろ手をついた。隼人の目はぎらぎら光っていた。

「なんだ」

「そろそろ教えてくださってもよいではありませんか。知ったところで、嘆くようなわたしではありませぬ。なぜ、わたしの出自《しゅつじ》を隠される。わたしが不浄の生まれだからですか。それとも口にできない、よほどの事情があるからですか」

隼人は一膝詰めた。

「待て。おまえの気持ちはわからぬではない。だが、勘違いいたすな。わしにもしかとはわかっておらぬのだ」

「ならばわかっていることだけでも教えていただきましょう」

「いやいや、生半可《なまはんか》なことはいえぬ。不確かなことを教えたばかりに、あとで後悔するようなことになってはつまらぬからな」

「……和尚、誤魔化してはなりませんぞ。このわたしに詭弁《きべん》は通じませせぬ」

隼人はさらに目をぎらつかせた。こういうとき、隼人の目は獰猛《どうもう》な獣の目と化す。

「いい逃れではない。いずれ、はっきりすれば包み隠さず話す。約束だ」

「まことに……」

「嘘はいわぬ。坊主に二言はない」

「和尚は生臭坊主ですぞ、破戒の僧ですぞ」

「きついことをぬかす憎たらしい小わっぱめ」

「その小わっぱは真剣なのです」

「わかった。そのことはとにかく後にまわしてくれ。いったようにきちんと調べたうえで返事をする」

隼人は浮かしていた尻を、ゆっくりおろした。

「和尚の言葉を信じましょう。……わたしの父のようなお方なのですからね。それでは話を戻しますか」

「ああ、そうしよう」

ふっと、ひとつ嘆息をした寂運は扇子を開いて、しばらくあおいだ。

「何をどうしろと仰《おお》せなのです？」

「西国のみならず、奥州《おうしゅう》にもあやしげな動きがあるという」

「奥州と申されると……」

「伊勢守さまが奥州に放っていたお庭番《にわばん》が帰着しておらぬ。お庭番の名は、前田《まえだ》銑十郎《せんじゅうろう》。伊達家《だてけ》の内情を探っていたのだが、どうやら暗殺の疑いが色濃いようじゃ」

お庭番とは、将軍の指図を受けて、諸国の大名の動きをひそかに調べる者のことをいう。将軍または将軍の命を受けた御側御用取次《おそばごようとりつぎ》から指図を受けるのが通例だが、家定公はなにしろ暗愚《あんぐ》である。前田銑十郎に命令を下したのは老中阿部正弘だった。

「なぜ、伊達家を？」

「先に申した異国との関わりだ。伊達家にも開国を唱える者と、攘夷を唱える者がいるらしい。そのなかには異国と通じ、伊達家転覆《てんぷく》だけでなく幕府に背く動きがあると、真偽定かでない噂があるそうだ。伊勢守さまは西国の動きにも目を光らせておられるが、伊達家が動くとなれば背後をつかれることになる。西国の大名らを敵にまわすようなことになってはならぬが、背後を脅かされてはことだ。まずは伊達家にいかなる動きがあるのか、それを探りたいということじゃ」

「前田銑十郎なる者が殺されていたなら、どういたします？」

「下手人《げしゅにん》がわかったなら口を封じるだけでよいそうだ。だが、おまえの役目は、あくまでも伊達家において攪乱《かくらん》をはかっている者を焙《あぶ》りだすこと」

「伊達家……」

隼人が表に目をやったとき、寂運が腰をあげて座を外した。

四

しばらくして、寂運は風呂敷包みを持って戻ってきた。

「それは……」

隼人が問うと、寂運は黙したまま風呂敷をほどいた。それは桐箱であった。蓋《ふた》が取り払われると、一挺の短筒《たんづつ》が現れた。

黒くくすんだ銃身を持つ短筒は、隼人が初めて目にするものだった。

「これは？」

「おまえの護身用だ。相手はひとり二人ではないだろうから、これを使えということだった。万次郎《まんじろう》という男が亜米利加から持ち帰ったものらしい」

「亜米利加から……どういうことです？」

「土佐《とさ》の漁師だった万次郎なる者は、嵐で漂流して亜米利加に渡ったらしい。詳しいことは聞いておらぬが、とにかく亜米利加に渡り、日本に戻ってきたということだ。いまは薩摩《さつま》にある藩校において講師をしているらしい。この短筒は伊勢守さまが薩摩から取り寄せられたそうじゃ」

隼人は短筒を手に取った。ずしりとした重さがある。把手《とって》をつかみ、引き金に指を差し入れた。

これは、コルト社のドラグーンという拳銃だった。四四口径、全長三五・五センチ、重量一・八キロの代物《しろもの》だ。回転式弾倉には六発の弾丸が込められるようになっていた。

「飛び道具にしては重すぎますね」

「いらぬか」

「いいえ。面白そうですから、いただいておきましょう」

「扱い方はその紙に書いてある。弾は余分にないので、節約するしかなかろうが、使うとなれば、試し撃ちをすべきだろう」

隼人は説明書きを手にすると、ざっと目を通した。親切なことに手入れの仕方まで書いてある。

「それから、これを持て」

寂運は別のものを差しだした。

「手形とおまえの身を証《あか》すものだ。家定公の花押《かおう》がある。持っておれば役に立つはずだ」

「何から何まで手回しがよいですね」

「大役を果たさねばならぬのだ。路銀もある」

路銀は三十両であった。

「それで、いつから取りかかればよいのです？」

隼人は短筒以外のものを懐にしまって聞いた。

「ゆっくりしてはおられぬようだ。早速これから取りかかれといっても、おまえも旅から帰ってきたばかり。明日にでも江戸を発ってくれるか」

「ずいぶんと性急ですね。……わかりました。今夜一晩骨を休めて、明日仙台《せんだい》に向かうことにします」

そういって隼人が立ちあがろうとすると、

「いったい誰の墓参りに行っていたのだ」

と、寂運に引き止められた。

「水野越前守《えちぜんのかみ》を失脚せしめるために動いたおり、間違って命を落とした女がおりました。その女の髪を生家へ届けに行ったのです」

「なるほど、そういうことであったか。隼人の心遣いで、その女も成仏《じょうぶつ》できたであろう」

「そうであることを祈るしかありません。では」

隼人は短筒の入った桐箱を小脇に抱えて、立ちあがった。

「いっておくが、あまり女を泣かせるでないぞ」

踏み石に脱いでいた雪駄《せった》に足を通すと、寂運がそんなことをいう。

「和尚も……」

隼人はそのまま背を向けて去った。

五

その夜、隼人は柳橋《やなぎばし》にある料理茶屋の二階で、ひとり酒を飲んでいた。窓から昼間とは違う心地よい川風が吹き込んでいた。目の前の大川《おおかわ》には、月がおぼろげに映り込んでいる。今夜は花火は行われなかったらしく、川下に見える大橋の往来もまばらである。目の前に流れてきた蚊遣《かや》りの煙を払うと、盃に口をつけた。

目は外の闇に向けたままだ。

――あの和尚め。

と、胸の内で毒づく。

寂運のいうことには半信半疑だ。隼人の出自に関することである。

隼人は物心ついたときには、青竜院の庫裡にいた。以来、両親が誰であるかは知らされないで育ってきた。本来なら修行僧になるべきところ、隼人は小僧らとは違う育て方をされた。

手習い所に通わされ、十二歳になると、昌平坂の学問所に席を置いた。三年間の勉学を終えた後、それまで剣術の指導を受けていた森源右衛門《もりげんえもん》から、以前にも増して技の習熟を強いられた。

森源右衛門は馬庭念流《まにわねんりゅう》の達人であると同時に変人であった。剣術の鍛錬《たんれん》はさることながら、隼人に水練や走練を厳しく課すと同時に、槍術《そうじゅつ》・弓術・柔術・居合などを合わせて体得させた。

鍛錬は厳しかったが、隼人は血反吐《ちへど》を吐くような思いで耐え、ついには師・源右衛門をしのぐほどになった。源右衛門は、相当の腕がありながら弟子を取らなかった。自分が苦労して磨きあげた技を教えるのが惜しいというのがその理由だった。隼人は例外だったのである。

さらに源右衛門は無類の女好きで、お茶《ちゃ》の水《みず》の屋敷に正妻と妾三人を住まわせ、さらに女中にも手をつけるという始末だった。幕臣ではあったが、禄《ろく》は少なく、本来なら暮らしは成り立たぬはずであった。ところが、どこから金を調達してくるのか、貧乏暮らしどころか裕福な旗本並の暮らしをしていた。

さらに旅に出るといったきり、忽然《こつぜん》と行方をくらまし、三月《みつき》も四月《よつき》も帰ってこないこともあった。皆が心配しているころに、襤褸《ぼろ》雑巾《ぞうきん》のようななりで帰ってくることも一度や二度ではなかった。どこへ何をしに行ったかは本人が決してしゃべらず、謎のままだった。

とにかくそんな師匠のもとで鍛練を積んだ隼人は、二十一歳になると江戸を離れて、武者修行の旅に出た。労苦はありはしたものの、三年の旅を終えて江戸に戻ってきた。

養父である寂運の寺を離れ、ひとり住まいをするようになったのはそのときからであった。だが、自分が誰の子であるかは、いまだに知らされていなかった。

「おまえは寺の門前に捨て置かれておったのだ」

寂運の答えはいつも決まっていたが、隼人はその言葉を鵜呑《うの》みにはしていなかった。寂運は必ず知っていると、幼いころから思いつづけている。

隼人は大川に向けていた視線を手許に戻して、閉まっている襖《ふすま》に顔を向けた。

「……それにしても遅い」

つぶやいて盃をほした。

女を待っているのであるが、すでに約束の刻限は過ぎている。

だが、川風が強くなり、虫の声が騒がしくなったとき、

「不知火の若、遅れてしもうた」

という声が、廊下にあった。

「入れ。待っていたぞ」

声を返すと、さっと障子が開き、お定《さだ》がいざるようにして入ってきた。白髪《しらが》頭《あたま》にしわ深い顔。目尻に無数のしわを寄せ、嬉しそうに口許をゆるめた。

「しばらくだね」

「うむ、元気そうだな」

お定は襖を閉めて隼人の前に座った。膳部はすでに用意してある。

「これはあたしの分かえ？」

「他に誰がいる。お婆《ばば》に長生きしてもらおうと気を遣ったのだ。遠慮することはない」

「へへへ、あんたはいつもやさしいのう」

お定は早速料理に箸をつけた。刺身に吸い物、香の物、粕漬《かすづ》けの魚の焼き物、里芋《さといも》の甘辛煮《あまからに》――。

隼人は鯛《たい》の刺身をもぐもぐやるお定をしばらく眺めた。お定は占い師だった。数年前、浅草奥山《あさくさおくやま》で偶然声をかけられたのが縁だった。

「あんた、強い運を持っておるな。だが、その顔には凶の相もある。気をつけて生きることじゃ」

いきなりそんなことをいわれて、黙って立ち去るわけにもいかなかった。

「……婆さん、もっと見てくれぬか」

「へへッ。お安くないよ。それでもよければなんでも見てやるよ」

「では、店をたため」

これにはお定もびっくりした。

「邪魔の入らぬところで見てもらう。なに、今日の売り上げぐらい払ってやる」

隼人の言葉に、お定は疑わしい目を向けてきはしたものの、店をたたみ、黙ってついてきた。隼人が案内したのは、浅草花川戸《はなかわど》にある小体《こてい》な料理屋だった。

そこで、隼人は自分のことをすべて占え、わかることは細大漏らさず話せと命じた。

「あんた、親の顔を知らずに育ったな」

開口一番にお定はそういった。驚かずにはいられなかった。

「なぜ、わかる？」

「やはり、そうかい。だけど、あんたは何不自由することなく育った。それでも心の内に孤独の影がある。それを誤魔化すために、ときに明るく振舞ったり、強がったりする。まあ、心根は悪くないのだから、それはそれでいいだろうが、あんたの人生は思いどおりにはいかぬよ。他の者の意思が、あんたを動かすことになる。いやいや、生まれたときからそういう運命《さだめ》を負うておるようだ」

図星だった。お定とは以来、ときどきこうやって食事を共にする。なぜそうするのか、隼人自身よくわからない。ただ、お定の話を聞くと、心に安寧《あんねい》を覚えるのだった。

「若、そんなにじっと見るでない。婆でも照れるではないか」

　お定の声で隼人は我に返った。

「照れる年でもなかろうに」

「痴《し》れたことをいうでないよ。年は食ったがこれでも女だ。あんたがその気になるなら、あたしゃ喜んで股を開くよ。ひゃひゃひゃひゃひゃ……」

　欠けた歯を見せてお定は楽しそうに笑う。

「お定があと二十年も若かったらな」

　隼人は冗談を返して、盃に口をつけた。

「二十年前だったら、あんたの女になれたかもしれないね。そうはいってもあんたには女難の相があるから。女は敵だ。こうしてこんな婆の相手をするのも女難だわい。で、今日はなんの用だい」

「いままで話さなかったことだ。おれの二親《ふたおや》のことを知りたい。わからぬか」

　お定は箸を持ったまま、じっと隼人を見つめた。

「……いつその話が出るかと思っていたよ」

「わかるのか？」

　隼人は身を乗りだした。

「さあ、どうだろう。……これぱかりは、はっきりとはわからぬよ」

「それなら少しはわかるということではないか……。頼む、ぼんやりしたことでもいいから教えてくれ。おれは赤ん坊のとき、青竜院の山門に捨てられていた。子育て料の百五十両が添えられていたという。どんなものを着ていたかはわからぬが、百五十両を添え置くことのできる人だったのだ」

「……親が町人や百姓じゃないのは、あんたの顔を見ればわかる」

「ならば侍か……」

「父親はそうだろう。だが、母親の顔はあたしには見えぬ。見えぬが、下賤《げせん》の身ではない。あんたの他に二人の子をもうけている。どちらも女だ。ひとりはもう死んでいるが、もうひとりはわからぬ」

「母は？」

　お定は首を横に振った。

「下賤でなければ、母はどんな人だったのだ？　ただの侍《さむらい》の妻だったのか？」

「……それもわからぬ」

　隼人はお定をにらむように見た。

　二人の間に蚊遣りの煙がたゆたった。静かな虫の声がする。

「お婆、何をいわれても驚きはせぬ。正直に話せ」

「わからぬこともある。だけど、不知火の若……そんなことを知ってどうする。おまえさまは捨てられた子だ。いまさら、親を知ったところでなんになる？」

「生みの親を知りたいのは子として当然のこと」

「知らないほうがよいこともある」

「知っていそうな口ぶりだな。食えない婆め」

「買い被るんじゃないよ。婆にもわからぬことはあるのじゃ。それにあたしゃ、過去のことより先を見るほうが得意なのじゃ」

お定はそういって、豆腐《とうふ》料理をつついて、口に入れた。うまい、いい味だと満足そうに独りごちる。

「お婆にもわからぬか……」

「若、気をつけな。危難の相が出ている」

お定は口を動かしながらいう。

「おれに危難はつきもののようだ」

「わかっておればよい。それから、くり返すが女にも気をつけな」

「……ふん。まあ、よい。しばらく江戸を離れる。帰ってきたら、またうまいものを食わせてやろう」

「何が望みじゃ……」

お定は濁った目を向けてくる。

「わかっておるのではないか」

隼人は見つめ返していった。

「親のことを調べてくれ。お婆だったらできそうな気がするのだ」

「そんなに知りたいか？　手間がかかるよ」

「かまわぬ。わかればそれ相応の礼はする」

「金はいらぬ」

「それじゃ何がいい？」

「若に抱いてほしいだけじゃ」

うひゃひゃひゃひゃと、お定は楽しそうに笑った。本気なのかどうなのか、つかみ所のない婆である。

「お安い御用だ」

いってやると、お定ははっと目を瞠《みは》った。

「ゆっくりしてゆけ」

隼人は差料を引き寄せて立ちあがった。

「気をつけるんだよ。女にもまわりの人間にも」

襖を閉めるときに、お定の声が背にかかった。

六

神田川沿いの河岸道を急ぐでもなく、ゆっくり歩いた。夜風はいつになく心地よかった。河岸道沿いにある柳の下に提灯《ちょうちん》が吊してあった。その明かりが、神田川を染めている。

見あげる空には月が浮かんでいる。

お定に二親捜しを頼んだが、どこまでやってくれるか……。どんな親なのか、生きているのか死んでいるのか、それだけでも知りたい。いや、なぜ我が子を捨てるようなことをしたのか、それも知りたかった。

だが、真相を知ったとき、自分はどうするだろうか……。

思いをめぐらして歩いていると、近づいてくる足音があった。女だ。

顔を向けると、提灯を持った女が足を止めた。

「やはり……そうだったわ」

提灯の明かりに染められた女の顔に笑みが浮かんだ。

チッと、隼人は内心で舌打ちした。

「帰っていらしたのね。夕方、隼人さんのお宅を訪ねて、為吉さんに教えられたのですよ」

赤紫の派手な縮緬《ちりめん》の小袖を着た女の名は美代《みよ》であった。有馬勘之助《ありまかんのすけ》という旗本の娘である。

「こんな遅くに何をしている」

「夕涼みです。ぼんやり夜の町を眺めていたら、隼人さんの姿が見えましたの。どこへ行っていらしたの」

すらりと背の高い美代は、顔を近づけてくる。鼻筋の通った美人である。

「柳橋で飯を食ってきただけだ」

隼人はぞんざいなものいいをする。

「いいえ、今日のことではありません。しばらく旅に出ていらしたでしょう」

「関宿に野暮用《やぼよう》があったのだ。また、明日から旅に出なければならないが」

「また、お留守に……」

美代は顔を曇らせた。

「いろいろと忙しい身になった。こんな夜に、そなたは大丈夫なのか？　親御さまが心配されているのではないか」

「まだ、宵《よい》の口《くち》です」

美代は潤んだ瞳を向けてくる。隼人は困った。美代のことを嫌いではないが、しつこくつきまとわれ難渋することしばしばだ。

「送ってまいろう。話があるなら道々すればよい」

美代は、しかたなさそうに折れてきびすを返した。神田佐久間《さくま》町《ちよう》の町屋を黙って歩いた。どこからともなく、三味《しやみ》の音に合わせた粋な新内《しんない》が聞こえてきた。

美代は何か口にしかけて、躊躇《ためら》っている。

「いかがした……」

「明日のいつ、江戸を発たれるのですか？」

「……朝のうちだ」

「お帰りは？」

「わからぬ」

美代はがっくり肩を落とした。

「わたしはいつも待ってばかりのような気がいたします。隼人さまとゆっくり過ごしたいと願っても、それも叶《かな》わず……」

「…………」

返す言葉がない。

「今夜……」

隼人は美代の横顔を見た。

「せめて明日の朝までいっしょにいていただけませぬか」

気品ある旗本の娘とは思えぬほど、美代は大胆なことをいう女だった。

「無理を申すな」

「でも……わたし……。こんなにお慕いしているのに、どうして隼人さまは冷たくされるのです」

美代は立ち止まって、まっすぐ隼人を見た。

「冷たくしているのではない」

「嫌いなのですか。それならそうとはっきりおっしゃってくださいませ」

隼人はため息をついて、背を向けた。

「わたしはそなたのような方には不相応なのだ。身分卑《いや》しき者である」

「そんなことはありませぬ」

「……わたしが捨て子であったことを忘れたか」

「知っております。でも、かまわぬのです。人は人です。過去がどうであろうと、身寄りがなかろうと、隼人さまは立派なお侍でございます」

「扶持《ふち》も禄もない、ただの浪人なのだ。親御さまは決して許してはくださらぬ。さあ、困らせるようなことをいわず、帰ろう」

隼人は美代をうながして歩きはじめた。

藤堂和泉守《とうどういずみのかみ》（伊勢津藩《いせつはん》）の上《かみ》屋敷の長塀を過ぎて、下谷御徒町《したやおかちまち》の通りに入る。周囲は武家地だ。二人とも気まずい沈黙を保ったままだった。

やがて、美代の家のそばまでやってきた。隼人が足を止めると、美代もそれに合わせて立ち止まり、愁《うれ》いを帯びた瞳を向けてきた。なにか思いを込めたようにきりっと唇を引き結び、わかりましたと、かすれた声を漏らした。

「無下《むげ》にしておるのではない。そのことだけはわかってもらいたい。さあ、早《はよ》う帰られよ」

「隼人さまがお先に……」

短く見つめ合ったあとで、隼人は意を決して背を見せた。

しばらくして、声が追いかけてきた。

「わたしは、あきらめませせぬ」

小半刻後――。

隼人は神田明神の広い境内に、ぽつねんと佇んでいた。

月影に鬱蒼《うっそう》と茂る木々が象《かたど》られている。

夜気にゆっくりと息を吐きだした隼人は、閉じていた目を静かにあけ、一切の邪念を払った無念無想の境地に入っていた。

右足をすっと引き下げ、刀の柄に手を添えた。月光がきらきらと隼人の双眸《そうぼう》に照り返る。

するりと抜き払った刀を両手で持つと、そのまま地摺り下段の構えに入り、月光を断つような鋭い斬撃をもって、空を斬りあげた。

「我天の命ずるままに生きる。かくある我に、衆生《しゅじょう》を渡せたまえ」

腹の底からうめくような声を漏らした隼人は、じりじりと足を引き寄せた。

衆生を渡せとは、迷いの世界にあるあらゆる生き物を、仏がその苦界から救いだして、悟りの彼岸《ひがん》に渡すことを意味する。

「……いざ、迷いを払うことができぬ身なれば、……いざ覚悟。我、六道《りくどう》のなかで戦い抜いてつかまつり候《そうろう》」

隼人は天空に向けた刀を、裂帛《れっぱく》の気合もろとも斬り下げた。

「たあッ！」

声は森閑《しんかん》とした境内にひびきわたり、広い夜空に吸い取られた。

第三章　奥州道中《おうしゅうどうちゅう》

一

水音を立てる渓流《けいりゅう》は靄《もや》につつまれていた。深緑の山を覆っていた霧が、ゆるゆると上昇し、雲の合間にほのかな日の光をにじませている。

不知火隼人は一方の枯れ枝に狙いをつけ、短筒の引き金をゆっくり引き絞った。

バーン！

耳をつんざく轟音《ごうおん》が渓谷《けいこく》にこだまする。

近くにつないでいた馬が、突然の大音に短く嘶《いなな》き、足踏みした。森のなかで鳴いていた鳥たちも驚いて、バタバタと飛び立っていった。

短筒を発射した隼人も目を丸くして、少々肝《きも》を冷やしていた。

狙いは外れたが、凄まじい威力である。狙った枯れ木の隣にあった生木――太さ二寸（六センチ）ほど――が木っ端微塵《こっぱみじん》にはじけ散ったのだ。

「ひょー、驚いたな」

隼人は筒先からゆらゆらと漏れる硝煙《しょうえん》を丸く細めた口で吹いた。

江戸を発つ前に説明書きにしたがって入念に手入れをしたときから、試し撃ちをしたくてたまらなかったが、旅を急ぐあまり機会に恵まれなかった。

そのために今朝早く、日光道中《にっこうどうちゅう》の幸手宿《さってじゅく》を早立ちすると、往還を外れて渓谷のなかに分け入ってきたのだった。一発を撃ったことで、隼人に心構えができた。

今度は外さぬように、慎重に狙い定めた。標的となっている枯れ木の向こうに、乳白色の靄が漂っている。幽玄《ゆうげん》な靄のなかに、一瞬、女の顔が見えた。もちろん錯覚だ。

隼人は頭を振って、一度まばたきをした。脳裏に美代の顔がちらついた。

江戸を発つ朝、美代の見送りを受けたくなかったため、予定を早めて、まだ夜の明け切らぬうちに家を出た。東雲《しののめ》が鴇色《ときいろ》にかすかに染まるころであった。

別に美代が嫌いなわけではない。できれば押さえつけて手込めにしたいほど、いい女だ。だが、あの女にかぎってそうすることができない。身分が違いすぎる。自分のような男に相応《ふさわ》しくないことはわかっている。

——いかん。忘れよう。

邪念を払った隼人は、撃鉄にかけた親指に力を込めて引き、闇夜に霜が降りるように、ゆっくりと引き金を絞った。銃口が火を噴き、轟音がひびいた。

今度は驚かなかったが、やはり的にはあたらなかった。硝煙を払い、気持ちを入れ替えもう一発撃った。試し撃ち用の弾は六発である。あとの六発は、いざというときのために残しておかねばならない。

四発目でようやく狙っていた枯れ木に命中させることができた。今度は別の木の枝に狙いを定めた。距離は八間（一四・五メートル）ほどだ。

外れた。

最後の一発はもう少し距離を詰めて撃った。

今度は命中。

おそらくこの短筒は五間（九・一メートル）以上離れると、命中の確率が悪くなるのだろう。弾倉《だんそう》を横に外し、薬莢《やっきょう》を捨て、新しい弾を込めなおした。くるっと弾倉を回転させ、正しい位置に納める。もっと撃ってみたいが、予備の弾がないのであきらめるしかない。

きびすを返して馬にまたがると、渓流沿いの道を後戻りして、往還に出た。日光道中である。街道は宇都宮《うつのみや》で二手に分かれる。ひとつは日光へ、もうひとつは宇都宮から名を変えて奥州道中となる。

本来、宇都宮から白河《しらかわ》までを奥州道中と呼んでいたが、このころは仙台から盛《もり》岡《おか》を経由して三厩《みんまや》（津軽《つがる》にある宿駅）までの道を総称するようになっていた。

栗橋宿《くりはししゆく》に近づいたころ、雲間から朝日が射し、あたりの風景が明瞭《めいりよう》になった。同時に旅人の姿もちらほら見られるようになった。

栗橋宿は江戸から十四里十五町、日光道中七番目の宿だった。小さな宿場だ。だが、ここには関所があり、旅人の足を阻《はば》む利根川を渡らなければならない。

隼人は川を渡った中田宿《なかだしゆく》で腹ごしらえをすることにした。馬を降りて、関所に近づく。通行人はまばらだ。関所前には二人の番士が立っていた。

番士に旅手形を示すと、何もいわずに通された。そのまま馬を引いて、房川《ぼうせんの》渡《わた》しと呼ばれる渡船場に行き、舟を待った。

馬を乗せられる渡し舟は二艘しかない。

茶店の縁台に腰をおろし、懐にしまっていた書簡を広げた。江戸を発つ前の晩に、寂運を介して届けられた、阿部伊勢守からの指図書だった。

まずは、消息不明になっているお庭番、前田銑十郎について調べることだった。前田は桑折《こおり》の代官所気付の書簡を出したのを最後に消息を絶っていた。

阿部伊勢守の指示は、桑折代官所で前田銑十郎のことを調べ、わからなければそのまま仙台城下に入って内偵しろというもとであった。しかし、昨今の情勢を踏まえると、幕府直轄の代官所にも不審の目を向けねばならない。充分に注意を払えとある。

「親父、火を借りるぞ」

茶店の主《あるじ》に断って、竈《かまど》の焚《た》き口の火を借りて、書簡を燃やした。

書簡はめらめらと炎をあげて黒い煙を出し、すぐに燃え尽きた。草鞋で灰を踏みつぶして、対岸に目を向ける。穏やかな利根川の水面《みなも》が、中天めざして昇りはじめた日の光を照り返していた。

隼人は今日のうちに宇都宮に入り、二日後には桑折に着きたかった。強行軍ではあるが、馬を飛ばせばなんとかなるはずだ。

「舟が出るぞー！」

渡船場の雁木のうえで船頭が声をあげた。客は少ないが、出すようだ。

隼人は腰をあげると、馬を引いて舟に乗り込んだ。

二

楽な麻の着流し姿の寂運は、書院の広縁でのんびり涼んでいた。

今朝は麦湯ではなく、熱い茶を飲んでいる。のどかな雀《すずめ》のさえずりぐらいで、表は静かだ。

本堂の前で、珍念がいつものように箒で掃除をしているが、ちっとも熱心ではない。

しかし寂運は文句もいわず、ぼんやり眺めていた。

その珍念がふと振り返って、寂運に目を向けるなり、近寄ってきた。

「和尚さま、今日も暑くなりそうですね」

「……そうかい」

寂運は気のない返事をして茶を飲んだ。珍念は広縁の前に立ったまま、何かいいたそうな顔だ。

「どうした？」

「お訊ねしたいことがあるんです。どうしても気になっておりまして……」

「勤行《ごんぎょう》のことなら、毎日やっておれば自《おの》ずとわかってくる。人に聞いたところで、仏の道など悟ることはできぬ。勤めを怠《おこた》らぬことだ」

「そのようなことではありません。不知火隼人さまのことです」

「……隼人のこと？」

いままさに気にかけていたところである。寂運は珍念の幼い顔を見た。

「隼人さまは、赤ん坊のころにこの寺に捨てられたとお聞きしました」

「誰がそんなことを……」

寂運は額に蚯蚓《みみず》のようなしわを走らせた。

「隼人さまがそうおっしゃったのです」

「あやつが……」

「はい、隠すようなことではないから教えてやると。おれはおまえより下の人間だから、媚《こ》びへつらうことはないとも申されました」

「あやつが……そんなことを……」

寂運は白髪まじりの眉を上下させた。

「本当のことなのでしょうか？　もし本当なら、なぜ坊主になられなかったのでしょう。刀を差しておられますし、苗字《みようじ》もあります。不思議に思っていつかお訊ねしたかったのですが、ついぞその機会がありません。気になってしかたないのです」

「ふむ」

と、うなった寂運は、中空に目を据えた。正直なことを教えても差し支えないが、それよりも隼人が珍念に告げた言葉に感心した。

「……おまえより下の人間だから、へつらうことはないと、隼人が申したのか？」

寂運は珍念に目を向けた。

「はい、そのように」

「いよいよあやつも一皮むけたようじゃな。そうか、ならば教えてやろう。箒を置いて、そこへお座り」

寂運は珍念が縁側に腰掛けると、話しはじめた。

「もう二十八年、いや二十九年ほど前のことか……いまはおらぬが、おまえのような小僧がおった。その小僧がある晩、山門で赤ん坊が泣いているとわしに教えに来たのだ。寺に赤子を捨て置くのはめずらしくなかったので、またかと思って行ってみると、山門にぼんやりした明かりが浮いていた。まことに妖しげな明かりだった。赤ん坊を入れた籠《かご》のそばに置かれた提灯であったのだが、わしはまるで不知火だと思った。あやつの苗字を不知火と決めたのは、そんなことがあったからだ」

「提灯の明かりから……」

珍念は目を見開いたまま寂運を見る。

「うむ、それから翌朝のことだった。わしが赤ん坊だった隼人を抱いて庭に出ると、本堂横の欅《けやき》の……ほれ、そこの大きな木だ」

寂運は本堂脇に立つ、大きな欅を指さした。

「あの木のうえにめずらしく隼《はやぶさ》が止まっていた。その隼が、獲物を狙う目で、わしの胸に抱かれた赤ん坊をじっと見ておったのだ。だが、隼に襲ってくる様子はなく、ひと声鳴くと、大空に羽ばたいていった。まるで、赤ん坊の無事を見届けたような去り方だった。ははあ、あの鳥は自分の赤子を見守りに来たのかもしれないと思った」

「だから、隼人とつけられたのですか？」

「いかにも」

「しかし、勝手に苗字をつけてよいものなのでしょうか？」

「名前をつけるのは勝手だ。もっとも通り名に過ぎぬが、いつしかそれがあやつの名になってしもうた」

「そうだったのですか……。しかし、隼人さまはすっかりお侍です。寺に捨てられた赤ん坊でも侍になることができるのですか？」

「もっともな疑問だ。じゃが、わしはお城に勤めておった御用部屋坊主だ。やつを士分にするのは造作もないこと。むろん禄はないが、お上のお許しを得たのだ」

「そのようなことができるのですね」

寂運が勤めていた御用部屋坊主とは、老中や若年寄《わかどしより》の用部屋掛である。同朋《どうぼう》というお城坊主の監督下にあるが、幕閣と通じることが少なくなかった。

「だが、このことかまえて他言ならぬぞ。滅多にある話ではないからな」

「あ、はい」

「わかったら、掃除をつづけなさい。わしはちょっと出かけてくる」

寂運は居間に戻ると、絽《ろ》の羽織を着て寺を出た。

車坂を下り、新黒門から上野広小路に足を伸ばした。とくに行き先があるわけではなかった。ただ、隼人のことが気になり、落ち着かなかったのだ。大事に育てきたのに、命を削るような仕事をさせることになった。

自分のせいであると、寂運は胸を痛めていた。これでよかったのかと、いまさらながら思う。だが、隼人は命じられるまま、さも当然とばかりの顔で、火のなかに飛び込んでゆく。

寂運は袖のなかから数珠《じゅず》を取りだし、手に巻いて合掌《がっしょう》しながら歩いた。そのまま経を唱える。

夏はとうに去ったというのに、大地を焦がす日射しは今日も強い。ただでさえ汗かきの寂運であるから、あっという間に全身汗まみれになった。それでも同じことを唱えながら歩きつづけた。隼人の身を案ずるあまり、じっとしておられないからだった。捨てられたみなしごである隼人の養父としての、せめてもの思いやりでもあった。

隼人は寺に捨てられたときから、こういう宿命にあったのだ。なんという仏の、なんという神の思《おぼ》し召し……。だが、天命に逆らうことはできない。

願わくば、自分より先に死んでほしくないだけである。

ふと気づくと、不忍池《しのばずのいけ》の畔《ほとり》に立っていた。

「すげがさァ……すげがさァ……」

花茣蓙《はなござ》の上に座って、売り声をあげている菅笠売りがいた。そのやる気のない声が暑さをいや増しているのか、冷や水売りと虫売りが木陰に並んで涼んでいた。

三

桑折代官所のある手前の瀬上宿《せのうえじゅく》を出たのは、西の端に日が大分傾いたときだった。目的地まではもう一里もなかった。だが、そこで立ち往生した。

「どおどおどぅ……。ほれ、もう一息だ。へたってどうする」

江戸から駆ってきた馬が、ついに音《ね》をあげてしまった。隼人は励ますように、馬の尻や腹をたたくが、動こうとしない。

小さく足踏みをして、荒い息をつくだけだ。

飼《か》い葉《ば》も水も十分に与えてきたが、疲労が積もりすぎているのだろう。

「駄目か……もういかぬか……」

馬は悲しそうなすんだ瞳で隼人を見て、鼻を鳴らした。前脚の筋肉に明らかな腫れが見られる。触れてみると、いまにも引《ひ》き攣《つ》りそうな硬さだ。

隼人は街道の先に目を向けた。あたりには黄金色に変わりつつある稲田が広がっていた。傾いた太陽が、稲穂をあわく染めている。北西になだらかな山稜《さんりょう》が霞んでいる。

隼人はもう一度馬を見て、ここで別れることにした。いさぎよく馬の背にかけていた振り分け荷物を引きずり下ろして、肩にかける。脚絆《きゃはん》の紐を締めなおし、新しい草鞋に履き替えた。

そのとき、横の畦道《あぜみち》から百姓が出てきたので声をかけた。不意のことに、百姓はきょとんと目を瞠《みは》った。まだ若い男だ。

「なんでございましょう」

百姓は隼人の身なりをあらためるように眺めた。

「ほかでもない。この馬を預かってもらえないか」

「馬……」

百姓はまた驚いたような顔で、馬と隼人を交互に見た。

「おれは所用があってまだ旅をつづけなければならぬ。へたばった馬を引いて行くわけにはいかぬ。馬はおまえが飼ってもいいし、売ってもいい」

「こんな立派な馬を……」

「かまわぬ」

世話になった馬と別れるのは忍びないが、しかたなかった。百姓は少し迷ったが、遠慮しつつも、

「それじゃ預からせていただきます」

と、嬉しそうに白い歯を見せた。

「うむ、頼む。ところで、桑折はどちらの道だ?」

すぐ先に追分《おいわけ》があった。

「左へ行けば出羽《でわ》です。桑折は右です」

隼人は道をたしかめたあとで、もう一度馬の首をなでた。

「さらばだ。達者でな」

馬に声をかけてから、百姓に大事に飼ってくれといって背を向けた。歩きながら、編笠の顎紐をきつく締めた。西の山端に沈もうとする太陽が、雲を茜色《あかねいろ》に染めていた。

隼人は道中を急ぎ、桑畑の目立つ長倉村《ながくらむら》を過ぎて、桑折宿に入った。道ばたで虫がすだき、とんぼが舞い交っていた。

往還沿いに用水路を走らせてある宿場に入ると、道は町並み沿いに東に折れる。途中で桑折陣屋の場所を訊ねると、すぐそこだという返事があった。通りに

は奥行きのありそうな家が建ち並んでいる。夕暮れ刻《どき》なので、帰宅を急ぐ職人や百姓が目につくが、侍の姿もある。

代官所は町屋から少し奥まったところにあった。表には大門と小門の二つがあり、槍を持った門番がひとり立っていた。

隼人は編笠をぬいでまっすぐ歩き、門番に取次を頼んだ。

「竹垣《たけがき》さまでございますか」

「さようだ。大事な用事があるゆえ、急いでもらいたい」

門番は陣屋のなかに消えた。隼人が呼んだのは竹垣惣右衛門《そうえもん》という代官所の属吏である手付《てつき》だった。代官の下には手付、手代《てだい》、書役《かきやく》の他に用人を務める侍や足軽など、約三十人が配されている。

手付は小普請組《こぶしんぐみ》の御家人から取り立てられているので、勘定奉行の許可を要した。

手付の竹垣惣右衛門は、阿部伊勢守が信頼を置いている勘定奉行、本多加賀守《ほんだかがのかみ》の家臣で、万が一にも幕府から寝返るような男ではないという。

待たされる間に夕闇が濃くなったが、背後の通りを振り返ると、行商の男女が仲良く歩いていくのが見えた。と、門戸の開く音がして、

「不知火殿とは、貴殿のことであろうか……」

と、訝《いぶか》しげな声がした。

「いかにも。大事な用があって江戸から遣わされた者である。相談したき儀があるゆえ、どこかで話ができぬだろうか。いや、陣屋ではないほうがよい」

「ふむ。江戸からの使いでござるか……」

竹垣は用心深そうな目をしたが、

「よかろう。しばし待たれよ」

と、快諾してくれた。

小半刻後、隼人と竹垣は、西町にある山菊屋《やまぎくや》という旅籠の客間で向かい合っていた。旅籠は竹垣が薦《すす》めてくれたのだった。

「早速、御用の向きをお訊ねしたいが、その前に貴殿のことを知りたい。近ごろは信用のおけぬ妙な輩《やから》が代官所に来たりするのだ。不躾《ぶしつけ》ながら教えてはもらえまいか」

茶を運んできた女中が去ってから、竹垣が口を開いた。年のころ四十歳ぐらいの聡明な顔つきをしている男だった。

「なるほど、この地の世情も不安ということですか。拙者は老中阿部伊勢守さま直々《じきじき》の使番《つかいばん》でござる」

「ご老中の……」

竹垣が眉をひそめるのも無理はない。公儀使番は通常、若年寄の支配下である。むろん、そのあたりのことは隼人もわきまえているので言葉を足した。

「不審に思われては困るゆえ、手札をお見せしましょう」

隼人は懐《ふところ》から将軍家定の花押のある手札を出して見せた。竹垣はしばらく手札に目を落としてから返し、ようやく納得のいった顔になった。

「それで、いかようなことを……」

「伊達家の内偵にあたっていた、前田銑十郎と申す公儀お庭番のことはご存じかと思いますが……」

隼人は用心深く竹垣の目をのぞき込むように見た。

「存じておりますが、あの方がなにか……」

「一月ほど前、桑折陣屋から書簡を出したまま行方がわからぬのです。以来、消息は絶たれたままです。なにか気づいたようなことはありませぬか？」

「……まったく寝耳に水でござる。すでに江戸に戻られたと思っておりましたが、いったいいかがされたのでしょう」

竹垣は他人事《ひとごと》のようにいう。

「代官所で、前田殿の噂はありませぬか？　どんな些細《ささい》なことでもよいのですが……」

竹垣はないと首を振る。

隼人は茶に口をつけた。表で鶏《にわとり》の鳴き声がした。

「では、そのこととは別に、伊達家家中に不穏な動きありと耳にしておりますが、なにか気になっておられることはありませぬか？」

「と、申されると……」

「黒船がやってきたことはすでにご存じでしょう。諸国には異国の求めに応じ、鎖国をやめて開国をすべきだ、いやあくまでも攘夷だという風潮があるようです。伊達家にもそのような動きがあると、耳にしています」

隼人はじっと竹垣の目を見つめた。

「さあて、そのようなことは……」

竹垣は身を引きながら答えて、茶に口をつけた。

「拙者はあくまでも代官所の仕事をしておるだけですからな。それに伊達家の動きと申されても、ここは伊達公のお城下とは離れております。騒ぎや厄介な問題でも起きているのならいざしらず、そのような噂は聞いたこともありません」

「……なるほど。たしかにここは伊達家の城下からは遠い。それに、不穏な企《くわだ》てをしている者たちは目立つ動きはせぬでしょうからな。ところで先ほど、近ごろは信用のおけぬ妙な輩が代官所に来たりする、と申されましたが、その妙な輩というのはどんな者たちです？」

「食えぬ浪士ですよ。年貢《ねんぐ》徴収《ちょうしゅう》に難癖をつけて、代官所を手こずらせる輩です。聞けばもっともらしいことを口にしますが、そのじつ、百姓や町人らに担《かつ》がれているにすぎません」

「浪士がそんなことを……」

「それで、ご老中は開国、それとも攘夷どちらのお考えなのでしょうか？」

隼人は妙に真剣な目を向けてくる竹垣の視線を外して、茶に口をつけた。

「そのようなことは一介の使番にわかることではありませぬ。身共はあくまでも消息を絶った前田銑十郎殿の行方を捜しに来ただけですゆえ……」

隼人はうまくはぐらかしておいた。竹垣とは初対面ではあるし、偵察の真意を伝える必要はなかった。しばらく他愛ないことを話して、竹垣は腰をあげた。

「宿の案内、ありがたく存じます」

隼人は部屋を出ようとしている竹垣に声をかけた。

「江戸からの長旅でお疲れでしょう。今夜は湯にでも浸かって、ゆっくり旅の疲れを癒《いや》されるがよい。では」

隼人は竹垣が閉めた障子をしばらく見つめていた。しばらくして竹垣の足音がすっかり聞こえなくなると、差料《さしりょう》を引き寄せた。

四

隼人は小半刻ばかり、桑折代官所の表門を見張れる暗がりにいたが、とくにあやしい動きはなかった。代官所詰めの役人らしき男が、中間《ちゅうげん》を連れて出かけたぐらいで、訪問者もなかった。

すでに夕闇が濃くなっているから、その日の仕事は終わっているだろうし、訪ねてくる者があっても受けつけないのだろう。

隼人は竹垣の言葉をまるまる信用したわけではなかった。もっとも単なる勘繰《かんぐ》りかもしれないが、消息を絶った前田銑十郎についてなにか知っている、あるいはそのことに関与しているなら、なにか動きがあると思ったのだ。

——思い過ごしか……。

胸の内でつぶやいた隼人は、町屋の通りに足を進めた。伊達家に探りを入れていた前田銑十郎が桑折で行方をくらましたとすれば、この宿場に足を止めていたと考えてもいい。すると、どこかの旅籠に泊まっていたはずだ。

どこだ……。

隼人は町屋の通りを流し歩いた。代官所の前から北へ進む本町通りが、一番にぎやかである。とはいえ、数軒の居酒屋や小さな料理屋がある程度だ。商家はどこも店を閉めている。旅籠の軒行灯《のきあんどん》が、忘れられたようにぽつんぽつんと薄闇に浮かんでいる。

隼人は通りを流し歩いて引き返した。

満天に星が散らばり、月が遠くに浮かんでいた。虫の声がかすかに聞き取れる。

静かだ。

竹垣に勧められた旅籠山菊屋に戻りかけたとき、路地奥に素早く動く人の気配があった。隼人は立ち止まって、その暗い路地に目を向けた。提灯を持っていないため、路地がどうなっているのかわからない。

目を戻しかけたとき、また路地奥を横切っていく影が見えた。今度は三人。

隼人は眉宇《びう》をひそめた。なにか騒ぎでも起きているのだろうか。一度振り返ったが、とくに気になるようなことはなかった。ところが旅籠に入りかけたときに、また背後で慌ただしい足音がした。

振り返ると、ひとりの女が旅籠の裏のほうへ駆け去って行くのが見えた。それだけではなかった。しばらくすると、三人の男が道に現れて立ち止まり、息を喘《あえ》がせあたりを見まわし、そっちだと叫んで、女が逃げた細い通りに駆け去っていった。

隼人は山菊屋の脇道を抜けて裏に出た。畑と田が広がり、畦道が星月夜の下で白く浮かんでいた。

その畦道に、黒い人影が見えた。最前の女だ。転びそうになりながら駆けている。その女を三人の男たちが追っていた。これは尋常ではない。

隼人は早足になり、ついで小走りになった。刀の柄袋をほどき、いつでも抜けるようにする。女はこんもりした森のなかに姿を消した。三人の男たちもそちらに姿を消した。

「やめて、やめてください」

悲痛な女の声が聞こえてきた。

隼人は声のしたほうへ足を急がせた。そこは寺に通じる一本道で、周囲に人家はない。

道の真ん中で尻餅《しりもち》をついた女を、三人の男たちが取り囲んでいた。ひとりは刀を抜き、あとの二人はいつでも抜けるように身構えていた。

「いえ、なにを調べていた。鼠《ねずみ》のようにこそこそ動きまわって、誰の差し金だ」

「わたしは何もしていません」

「何もしていなけりゃ、なぜ逃げる」

刀を抜いている男が女に詰め寄った。後ろ手をついた女は、かかとで地面を蹴るようにして下がる。

「面倒だ、斬ってしまえ」

ひとりの男がそんなことをいった。隼人が声をかけたのはそのときだった。

「待て。いったいなんの騒ぎだ」

三人の男たちが一斉に振り返った。

「女ひとりに大の男がよってたかって何をしている」

隼人はゆっくり足を進めた。男たちの汗の臭いが風に運ばれてきた。

「邪魔立て無用だ」

刀を抜いていた男が声を荒らげた。

「そうはゆかぬ。弱い者いじめを見て見ぬふりはできぬ性分でな」

「こやつ……」

「助けてください」

女がすがるような声を漏らして逃げようとした。刹那《せつな》、ひとりの男が抜刀して女の背に太刀を浴びせた。

「きゃあ」

女は悲鳴をあげはしたが、前につんのめっただけで斬られてはいなかった。

「面倒だ、そやつも斬って捨てるのだ」

先に刀を抜いていた男が隣の仲間をけしかけ、もうひとりに声をかけた。

「間部《まなべ》、その女を逃がすな」

指図を受けた間部という男が、女の襟首をつかんで捕らえた。

残る二人の男が隼人に刀を向けて、間合いを詰めてきた。

「どういうわけかは知らぬが、無用に刀を向けると怪我をするぞ」

隼人は静かにいって、刀の柄に手をかけた。ちらりと女に目をやる。必死に救いを求める瞳が隼人に向けられていた。

「いらぬ節介《せっかい》を……」

ひとりが吐き捨てるなり、撃ちかかってきた。隼人は鞘走らせた刀で、相手の刀を撥《は》ねあげた。

「あっ」

刀を撥ねあげられた男が驚きの声を漏らしたとき、隼人はもうひとりの喉元に、刀の切っ先をぴたりとつけていた。

「うっ」

暗闇のなかで相手の目が、驚愕《きょうがく》と恐怖に見開かれていた。

「これ以上やるというなら、そのほうらは命を落とすことになる。……どうする」

「…………」

相手は声が出せなかった。

「……やるか。やるなら、この首、刎《は》ねる」

恐怖に顔を引きつらせた男は、じりじりと下がった。機先を制した隼人は、ちらりと男の背後を見た。女の襟をつかんでいた男は中腰になって、どうしようか迷っている。

「ま、待て……」

「待って、どうする？」

男の目が左右に動いた。

「退《ひ》け、退くんだ」

男はそういって大きく下がった。二人の仲間も女を置き去りにして、隼人から大きく離れると、そのまま背を向けて闇のなかに消えていった。

「大事ないか？」

隼人は女に近づいて、肩に手をかけた。瞬間、はっと息を呑んだ。月明かりを受けた女の顔が、あまりにも美しかったからである。

五

小半刻後、隼人は助けた女を自分の泊まる旅籠まで連れてきた。帰るところがないといったので、部屋をひとつ取ってあてがった。

「見も知らぬお方に、こんなご親切をしていただき恐縮です」

女は言葉どおり丁寧に頭を下げた。名を小夜《さよ》といった。

「これもなにかの縁だろう。それにしても無事でよかった」

「不知火さまのおかげです」

「やつらは何者だ？」

「それが、よくわからないのです」

「わからない、とは面妖《めんよう》な。わからないやつに追われていたわけではなかろう。さっき、やつらはそなたが何か調べものをしていた、などと口にしておったが……」

隼人は盃を途中で止めて小夜を見た。客間は行灯のあわい光につつまれていた。一匹の大きな蛾《が》が、襖に張りついている。その襖の向こうが、隼人が小夜に取ってやった部屋だった。

「……兄を捜していただけなのです」

うつむいていた小夜が顔をあげていった。

「この宿場にいるのか？」

「いいえ」

と首を振った小夜のうなじが妙になまめかしい。色白の瓜実顔《うりざねがお》である。隼人はその顔をじっと見つめた。

「じつは仙台から逃げてきたのです」

隼人はひくっと片眉を動かした。

「仙台で兄を捜しているうちに、わけのわからない人たちに追われることになったのです」

「わけのわからない者というが、いったいどういう連中なのだ？」

「おそらく……」

小夜は言葉を切ってからつづけた。

「兄には榊田監物《さかきだけんもつ》という知り合いがおりました。榊田さまは江戸に遊学され、ついで長崎にまで行って学問を修められたのですが、仙台に戻ってからは仕官もされず、何をなさっているかわからない方です。わたしは兄がその榊田さまの仲間に入ったのではないかと思って、捜していただけなのです」

「すると、さっきの連中は榊田という男の仲間なのか？」

「それはよくわかりません」

首を振った小夜はまっすぐな眼差しを隼人に向けた。

「よくわからずに追われたというのが、わたしにはよくわからぬが……」

「わたしはただ、榊田さまが出入りしていると聞いた、陸前屋《りくぜんや》という味噌問屋《みそどんや》のことを聞いてまわっていただけでした。そのときに、あの人たちにつかまりそうになって逃げたのです。最初はうまく逃げおおせたのですが、あの人たちはしつこくわたしを追うようになりました」

「それではやつらが何者であるか、その正体はわからぬということか」

「はっきりとは……」

小夜は心許なげにつぶやく。

「……とにかく変な輩には関わらぬほうがよい。それにしても兄上のことは気がかりであるな」

「はい」

「家は？」

「仙台です。でも、家も先ほどの人たちの仲間が見張っているので、帰ることができないのです」

小夜は両親を早くに亡くしていて、家督は兄の三沢養助《みさわようすけ》が継いでいると語った。

「ふむ、困ったな」

隼人は窓の外に目を向けた。闇に包まれた田園のなかに、ぽつん、ぽつんと螢火《ほたるび》のような民家の明かりがあった。

「じつはわたしは仙台に行くところだ。いずれ小夜殿も家には帰らねばならぬだろう。どうだ、わたしの案内に立ってもらえぬか。いや、仙台に行くのは初めてなのだ。それにまたやつらが現れたら困るであろう」

「そうしていただけますか」

隼人は口許に柔和な笑みを浮かべて、小夜に酒を勧めた。

「あまり飲めませんけれど、少しだけなら」

そういった小夜は一口飲んだだけで、頬を桜色に染めた。二人はしばらく口を閉ざした。虫の声がやけに大きく聞こえた。

「あの、不知火さまは仙台にどんなご用で……」

沈黙に耐えきれなくなったのは小夜だった。

「知り合いに会いに行くだけだ」

本当の目的を明かすわけにはいかない。

「江戸では何をなさっておられるのですか?」

「わたしか……ふむ、大したことはしておらぬ。寺の守をまかされているだけだ」

「は……」

小夜は口を半開きにして、長い睫毛《まつげ》をしばたたかせた。隼人は軽やかに笑って、言葉を継いだ。

「嘘ではない。世話になった寺の坊主に、厄介になっている身だ。まあ、頼まれればなんでもやる浪人だ」

「……そうなのですか」

小夜は要領を得ぬ顔でつぶやいた。

当たり障《さわ》りのない会話ははずまなかった。

小半刻ほどして、小夜は襖一枚隔てた隣の間に引き取った。

隼人は夜具に身を横たえると、しばらく天井を凝視した。枕許に有明行灯《ありあけ》を点《とも》したままだが、やけに明るく感じられた。

目を開けたまま、これからのことを考えた。消息を絶っている前田銑十郎のことはわからずじまいである。代官所の竹垣惣右衛門も寝耳に水だという顔をした。ひょっとすると仙台に潜伏しているのかもしれない。しかし、今度の目的は前田銑十郎捜しではない、あくまでも伊達家の内情を探ることである。

阿部伊勢守から預かった手紙は栗橋の渡船場で焼いてしまったが、あの手紙には伊勢守自身の苦悩が読み取れた。それは家定公を補佐する伊勢守と、家定から頼られている乳母、歌橋の政治的な配慮であった。

政治の采配《さいはい》を振るうことのできない家定の代理といえる伊勢守は、開国か攘夷を貫くかを迷っている。異国は開国を迫り、通商を求めているが、安易に首を縦に振れない時期にあるのだ。

瞼《まぶた》が重くなったとき、襖の開く気配があった。隼人は目をつむったまま、五感を研《と》ぎすました。敷居のそばに小夜が座しているのがわかる。

「……もうお休みですか？」

遠慮がちな声がした。隼人はゆっくりと目を開けた。

「いかがされた？」

「わたしは路銀もありません。それなのに不知火さまはわたしを旅籠に泊めてくださり、仙台まで送ってくださいます。今日は危ないところを救ってもいただきました」

「…………」

「わたしには何もお返しするものがありません」

そういった小夜は膝をすって枕許に近づいた。

「そばに……」

「待たれよ。わたしは見返りを望んではおらぬ。今夜は体を休めるのだ」

「でも……それではわたしの気がすみません」

衣擦《きぬず》れの音がした。隼人が視線を動かすと、小夜が襦袢《じゅばん》を肩から落としたところだった。こんもりした形のよい乳房が、行灯の明かりに見えた。ふと目が合った。愁いを含んだ瞳が、隼人に向けられた。

小夜は細い手を伸ばしてきた。さっと、隼人はその手をつかんだ。細くてすべらかな肌をしていた。二人の身を、窓障子の隙間から忍び込んでくる夜気が包んだ。

そのまま引き寄せて押さえるのは造作のないことだった。そうしてもよいという衝動に駆られそうにもなった。

「……そなたはつまらぬ女ではないはずだ。ゆっくり休んだがよい」

隼人はつかんだ手を押し返した。

「明日は早い」

もう一度言葉を重ねて、隼人は目をつむった。

六

表から聞こえてくる鳥のさえずりで、目を覚ました。すでに階下には人の動く気配があった。旅籠の者たちが朝餉の支度をしているのだ。

床を抜けた隼人が窓障子を開けると、朝靄につつまれた田畑が開けて見えた。夜露を含んだ草花が瑞々しい。

小夜のいる部屋に目を向けて、声をかけた。だが、返事はない。

「小夜殿……起きられたか……」

近寄って、小夜の気配を感じ取ろうとしたが、その気配がない。厠にでも行ったのだろうと思って、夜具を二つ折りにしてあぐらをかくと、廊下から女中の声がした。

「お客さん、朝餉の支度が調《ととの》っておりますので、いつでもおあがりになってくださいまし」

「わざわざすまぬ。ところで、隣の部屋にいた客を見なかったか？」

「女の方でしたら、さっき出ていかれました」

「何……」

隼人は立ちあがって障子を引き開けた。廊下に座っていた女中が驚いたように見あげてきた。

「いつのことだ？」

「小半刻ほど前だったでしょうか……」

隼人は窓に行って表通りを眺めた。小夜の姿はどこにもなかった。もしや、昨夜恥をかかされたと苦にしたのかもしれない。くっと隼人は唇を嚙《か》んで、こちらの考えが浅かったと悔やんだ。

「すまぬが、にぎり飯を急いで作ってくれ」

「へえ」

隼人は急いで顔を洗い身支度を調えた。

にぎり飯をもらって旅籠を出たのはそれからすぐである。小夜は仙台に引き返したはずだ。会えなければそれまでだが、昨夜のこともあるので気がかりだった。

足を急がせるうちに日が高くなり、周囲の景色がはっきりしてきた。

桑折から仙台まで約十八里はある。女の足なら三日の旅程だ。

隼人は道中を急いだ。草鞋に脚絆、裁着袴《たつつけばかま》に打裂羽織《ぶっさきばおり》、日射し除けに編笠という姿は馬に乗っているときと同じだ。荷物は振り分け荷物ひとつと少ない。荷のなかには短筒が入っている。

道は広くなったり狭くなったりを繰り返し、曲がりくねっている。道行く旅の者はそう多くはない。畑仕事をしていたり、牛を引く百姓とすれ違う。宿場以外で行商人と会うのは稀《まれ》だった。侍然《しか》りである。

雲は高いところに浮かび、遠くにある山並みは霞んでいる。

貝田宿《かいだしゆく》外れの茶店で小夜のことを訊ねたが、店の女は首をかしげるばかりだった。

隼人は越河宿《こすごうしゆく》に入って、熱心に呼び込みをしている茶店に立ち寄り、同じことを聞いた。

「若い女の方ですか……」

応対する店の親爺は、親切に女房にも聞いてくれたが、

「通られたかもしれませんが、始終表を見ているわけではございませんので……」

と、申しわけなさそうにいう。

隼人は通りの先を眺めた。この宿に入る前あたりから通行人が増えている。仙

台領に入ったせいかもしれない。馬子や駕籠も、旅人の荷物を持つ人足の姿も目立つ。

小夜は路銀がないといった。仙台に戻るには歩くしかない。それとも、まだ桑折に留まっているのか、もしくは仙台とは反対の道へ進んだか……。

とにかく二つ先の白石宿《しろいししゅく》まで急いで、そこで様子を見ることにした。足を急がせたので、まだ昼前だった。

吹き渡る風がないため暑さがいや増し、汗を噴きださせる。途中で見つけた湧き水で、何度か喉の渇きを癒して先を急いだ。

旅籠で作ってもらったにぎり飯には、まだ手をつけてもいない。白石宿に入ると、飛び込むように茶店に入り、羽織を脱いで麦湯を所望した。それから持参のにぎり飯を腹に収めた。その間も通りを行き交う人々に注意の目を向けていた。

小夜を捜すことだけでなく、昨夜の三人の男たちのことも気になっていた。顔は暗くてよくわかっていないが、三人連れの浪人がいれば、おそらく見当はつくはずだ。

「いやいや、まいった、まいった。こう暑くっちゃ駕籠でも雇いてえや」

そんなことをいって、隼人の隣に腰掛けた男がいた。頭に載《の》せていた笠代わりの手拭で首筋や胸のあたりを拭いて、ここは涼しくていいやと独りごちる。

「お、若《わけ》えの、冷てえのを一杯くんねえか」

男はそういって、ふと隣にいる隼人に気づいた。

「これは、どうも。お邪魔しますよ」

と、愛嬌ある笑みを向けてきた。隼人は軽く応じて、にぎり飯を平らげた。隣の男は言葉から土地の者ではないことがわかる。草鞋履きに脚絆というなりは隼人と同じだが、地味な木綿《もめん》の子持縞《こもちじま》を尻端折《しりばしょ》りしていた。大刀を落とし差しにしている。

「旅の途中とお見受けしますが、どちらまで……」

隼人が麦湯をほして通りに目を向けると、隣の男が声をかけてきた。

「仙台だ」

「へえ、そりゃ奇遇だ。いや、あっしも仙台に行くところなんですよ。それじゃいっしょにどうです」

隼人は気安く声をかけてくる男に目を向けた。

「江戸の者か?」

「さようで……ひょっとしてあなたも……」

「ああ、そうだ」

「へえ、そりゃますます奇遇だ。あっしは浅井長次郎《あさいちようじろう》と申しやす。どうです、ごいっしょしませんか。いやあっしは、旅と申しましても、仙台屋って薬種屋の使いなんですよ」

「武士ではないのか……」

「いや、これでも侍に違いはありませんがね。禄も扶持もない貧乏侍でして。へへっ、このご時世、食っていくためなら何だってしなけりゃなりませんから……」

「ま、そうであろうが……」

「わかってくださいますか」

丸顔の長次郎は剽軽《ひようきん》に眉を下げて、苦笑いした。

「拙者は不知火隼人と申す。道に不案内なので同道してくれるなら助かる」

「そうこなくっちゃ。ひとり旅ほどつまらねえものはないですからね」

隼人は長次郎の案内で仙台に向かうことにした。

宿場は、伊達家に仕える片倉家《かたくらけ》の城下とあって、そこそこのにぎわいがある。茶屋や煮売り屋《にうりや》も少なくないし、反物屋《たんものや》や小間物屋、あるいは草鞋屋などの小店も多い。宿場の屋根越しに三層の天守閣を擁《よう》した白石城が青い空に映えていた。

宿場を出ると、街道は右に折れて白石川沿いに進む。しばらく行ったところで橋を渡り、そのまま北上する。

その間、長次郎は愚にもつかないことをしゃべりつづけていた。隼人はほとんど聞き流しながら、小夜のことを考えていた。ひょっとすると、どこかで追い越しているかもしれない。昨夜の連中に捕まってしまったのではないかと、妙な胸騒ぎも覚えた。しかし、ここから引き返すわけにはいかない。

小夜の無事を祈るだけである。縁があれば、またどこかで会えるかもしれないと、半ばあきらめ気味なことを思う。

「それで不知火さんは、江戸はどこにお住まいで？」

勝手にひとしきりしゃべったあとで、長次郎が聞いた。

「湯島だ」

「へえ、すると明神さまのそばで……。いいところにお住まいだ」

「仙台屋というのはどこにあるのだ？」

「四谷《よつや》です。不知火さんはどんなご用で仙台まで……」

「人捜しだ」

「そりゃずいぶん遠いところまで、よっぽどわけありなんでしょう」

「女だ」

「こりゃまたそうじゃねえかと思ったんです。不知火さんはいい男っぷりだからね。黙っていても女が放っておかねえような様子だもの」

「女には苦労のしどおしだ」

隼人は冗談交じりの言葉を返して、苦笑を浮かべた。

往還はしばらく川沿いにつづいたが、ゆるやかな坂を上ると、瀬音が途切れて、鳥の鳴き声だけになった。白石宿を離れると、行き交う人の姿がまばらになった。汗は黙っていても噴きだしてくるが、かまわずに歩く。途中、両側を鬱蒼とした杉木立に覆われたところがあり、そこだけは涼しい木陰道となった。

その木陰道を過ぎると、また目もくらむような日なた道となった。地蔵堂の先に蔵王連山《ざおうれんざん》が霞んで見えた。

「あれは屛風ヶ岳《びょうぶがたけ》っていうんですよ。冬場の景色はなんともいえませんが、寒いったらありゃしませんよ」

長次郎はこのあたりの地理に詳しいようだ。

湾曲した道が開けて一本道になったとき、先の畑から往還に飛びだしてきた男がいた。さらに左の杉木立から、二人の男が現れた。

三人は往来の真ん中に立ち塞がると、剣呑《けんのん》な視線を隼人に向けてきた。真ん中の男が、口にくわえていた木の枝をぷっと吹き飛ばした。

昨夜の男たちか……。

隼人は歩をゆるめて、目を凝らした。と、新たに二人の男が現れた。合わせて五人。

「昨夜《ゆうべ》はとんだご挨拶《あいさつ》だったな」

中央の男が一歩進み出て刀を抜いた。

近くの木立のなかで、鴉がカアとひと声鳴いた。

第四章　仙台《せんだい》城下

一

「小夜はどこだ？」

前に出てきた男が聞いた。いかめしい面《つら》つきに、強情そうな顎を持つ男だった。野袴をはいているが、羽織は着ていない。他の者たちも同じだ。

「知らぬ」

隼人は立ち止まって答えた。

「おぬし、あの女からいらぬことを聞いたな」

隼人は眉をひそめた。小夜は男たちの知られたくないことを知っているのかもしれない。

しかし、これで小夜が無事なのはわかった。

「ここから先、通すわけにはいかぬ。黙って引き返せば、ここで見送ってやろう」

「ずいぶんなことをいいやがる。不知火さん、いったいどういうことで……」

長次郎が要領を得ないという顔で聞いてきた。

「おれにもよくわからぬのだ」

「しかし、やつら喧嘩腰ですぜ」

「ただの喧嘩ならまだよいが……」

「なにをぶつぶついってやがる。小夜はどこだ？」

最前の強情顎《ごうじようあご》が問いを重ねた。

「知らぬ。とにかく、わけのわからぬことには関わりたくない」

隼人はそのまま足を進めた。長次郎もついてくる。

とたん、男たちの形相《ぎようそう》が険《けわ》しくなった。

「通すわけにはいかぬ」

さらに強情顎が足を踏みだして、行く手を阻んだ。間合いは四間（七・三メートル）。他の男たちも足を進めた。

「もしや、おぬしら榊田監物という男の仲間では……」

隼人が口にしたとたん、目の前の強情顎が表情を変えた。

「やはりそうか。こやつ、話を聞いてるんです」

強情顎のそばに、ずんぐりした男が近づいてつぶやく。

「それはつまり、小夜も知っているということだ」

強情顎が応じて、目を光らせる。

「斎木《さいき》さん、こやつら見逃すわけにはいきませんよ」

ずんぐりした男が凄む。強情顎は斎木というらしい。

「おい、待て。おれにはなんのことかよくわからぬ。小夜殿からは兄上を捜している と聞いておるだけだ」

隼人の言葉に耳を貸さず、斎木はすでに剣気を募らせていた。

「……信用できぬ。榊田さんのことを聞いているとなれば、おとなしく見送るわけにもいかなくなった」

斎木はひび割れたような低い声を漏らすと、間合いを詰めてきた。斎木の影が二間に迫ったとき、隼人は刀を抜いて地を蹴った。

「浅井、逃げろ！」

隼人は叫んで、詰めてきた斎木に一刀を浴びせた。だが、斎木は素早く刃圏から逃れて、青眼に構えた。隼人のまわりに四人の人垣ができた。一人の男が長次郎を追って駆けて行くのが見えたが、隼人は自分を囲む男たちから逃れなければならなかった。

総身に殺気を漂わせた斎木たちは、撃ち込む隙を窺っている。

隼人は足を大きく開き、地摺り下段の構えで周囲の動きを警戒した。一斉に撃ちかかってくることはない。同時に撃ち込めば、同士討ちの恐れがある。

どこからくる……。背後からか、それとも横からくるのか。

隙を窺っていると、背後で絶叫がした。同時に右にいた男がその声に、はっとなって目を瞠った。隼人はその一瞬の隙を逃さなかった。

即座に足を踏み込むなり、ひとりを逆袈裟に斬りあげ、さらに返す刀で片腕を落とした。

「ぎゃあー！」

血潮を噴き出す肩口を押さえて、男は転げまわった。隼人は一顧《いっこ》だにせず、脇構えになって体勢を整えた。刹那、斎木が電光の刺撃を送り込んできた。

隼人は半身をひねってかわし、体の均衡《きんこう》を失った斎木の肩に一撃を見舞った。

「うぐッ」

うめいた斎木は片膝をついて、刀を落とした。

隼人はすかさず他の二人に正対した。だが、相手は斎木が斬られたことに度を失ったらしく、青ざめて数間下がると、そのまま背を向けて逃げていった。隼人は二間ほど追う素振りを見せたが、すぐに立ち止まって振り返った。

戻ってきた長次郎が隼人に顔を向けた。

「不知火さん、やつらは何者なんです？」

隼人は答えず、斎木のそばに行って襟をつかんだ。斎木は荒い息をしているが、死んではいなかった。

「おい、榊田とはどういう男なのだ。おまえはその仲間なのだな」

「……殺せ」

斎木は唇を震わせてつぶやいた。

「小夜殿は養助という兄を捜しているだけのようだが、おまえはその養助の居場所を知っているのではないか。どうなのだ」

隼人は斎木の襟をつかんだまま揺すった。

「こ、殺して……くれ……」

「いえ、いわぬか！」

再度強くいったとき、斎木の表情が変わった。隼人ははっとなって、斎木の顎を強くつかんだが、遅かった。舌を嚙み切ったのだ。

二

大奥にあって、将軍の正室である御台所の部屋をのぞけば、御年寄の住居が最も広い。延べにすれば七十畳はあろうか。

歌橋はその広い部屋のなかを行ったり来たりしていた。歩くたびに衣擦れと畳をする足袋の音がした。控えの間に座している表使《おもてづかい》やお末《すえ》の奥女中たちは、歌橋が近づくたびに背筋を伸ばし、緊張の面持ちになった。

しかし、歌橋はそんな女中たちには目もくれなかった。

ふと、歌橋は広縁に立ち止まって、美しい庭園を眺めた。傾いた日の光が、侘《わ》び寂《さび》を施した風韻《ふういん》ある庭に斜めに射している。

西日に浮かびあがる歌橋の顔にあるしわが、浮き彫りになった。塗り込まれた白粉《おしろい》は剝げかかっている。口許や目尻にあるしわは溝《みぞ》のように深い。

——歌橋、予はどうすればよいのじゃ……。

半刻ほど前、家定が突然訪ねてきて、去り際にそんなことをいった。情けなさそうに、いまにも泣きそうな顔を見せ、肩を落とした。

将軍ともあろう者が、まったく情けないことである。家定はさすがに言葉にはしなかったが、歌橋にはその胸中が手に取るようにわかる。

家定は政務を厭《いと》っている。煩《わずら》わしいとか面倒であるとしか思っていないのだ。いや、そうではない。政《まつりごと》にまったく関心がないのである。半ば惚《ほう》けたように、何をするでもなく気紛れに生きているに過ぎないのだ。

馬鹿……。

ただのうすら馬鹿である。歌橋は胸の内でつぶやいた。

その馬鹿殿がもっとも甘えて、心を許すのは、生母の本寿院でもなければ、老中首座の伊勢守でもない。

乳母の歌橋なのだ。だから厄介で面倒で、気を揉まねばならない。歌橋は単なる家定の乳母ではなかった。教育係の役目もあり、実質の育ての親といえた。ゆえにそれだけの愛情を注いでいるし、家定も生母の本寿院よりも歌橋を実の母親だと思っている節がある。

歌橋は膝が砕けたように、すとんと縁側に腰を落とした。

はあと、短くため息をつく。朱や橙《だいだい》に染まった雲を眺め、目を厳しくした。

しっかりしなければならない。自分がしっかりしなければ、家定の威厳は保てぬし、幕府の威信も失墜する。やはり馬鹿であっても、家定を見捨てるわけにはいかない。

歌橋は口を引き結んで、ゆっくり立ちあがった。

家定が将軍職についた暁《あかつき》には大奥を去り、御用屋敷に下がろうと思っていたが、そんな悠長なこともできなくなった。こうなったら家定と一蓮托生《いちれんたくしょう》である。

「歌橋さま」

遠慮がちな声が背後からかかった。ゆっくり振り返ると、いつの間に来たのか、表使のお琴が平伏していた。

「なんじゃ……」

「ご老中さまがお呼びにございます」

「伊勢守殿が……」

「お広敷でお待ちです」

大奥は将軍をのぞいて男子禁制であるが、お広敷だけは男が入ることが許され、広敷番などの役人が詰めている。しかしながら、老中であろうが若年寄であろうが、お広敷より先の大奥には、一歩たりとも足を踏み入れることはできない。

阿部伊勢守正弘は福々しく恰幅《かっぷく》のよい男である。度量と包容力を備えていて、幕政だけでなく国許の備後福山藩《びんごふくやまはん》の財政立て直しにも腐心している。しかし、福山に帰ることはかなわず、藩政はおろそかになりがちであった。それも中央の幕政に振りまわされているからにほかならない。

歌橋はお広敷にもうけてある茶室で伊勢守と向かい合った。すでに人払いをしており、炉を切った狭い部屋には二人だけしかいない。暑い日であるが、開け放されたにじり口から吹き込む風がいくらかの涼を醸《かも》している。

着座した歌橋は、着物の裾を後ろにまわしてから、

「それで、いかなることを……」

と、切りだした。

「いろいろとございまする。まずは殿のご正室をどうするか、ということです」

「ご正室の件なら本寿院さまにお考えがあるのでは……。わたくしが口を挟むようなことではないでしょうに」

「おおせのとおりではありますが、本寿院さまもお悩みのご様子……」

歌橋はしばらく庭に目を注いだ。天井近くに設けられた窓から漏れ入る光が、その顔に影を作った。

家定はこれまで鷹司政煕《たかつかさまさひろ》の娘任子《ただこ》、一条忠良《いちじょうただよし》の娘寿明姫《すめひめ》を正室に迎えていたが、二人とも子をもうける間もなく先立っていた。

「何故《なにゆえ》、いまになって本寿院さまが頭を悩まされるのでしょうぞ」

歌橋は顔を戻して口を開いた。

「たしかに、島津《しまづ》家《け》のご養女篤姫《あつひめ》さまは鶴丸城《つるまるじょう》に入られたばかり、輿入《こしい》れの準備も着々と進んでいるのではありますが、ここに来て本寿院さまは先のことを案じておられるご様子」

「それはお世継ぎのことでありましょうが、いま、そのようなことを口にされても困るのではありませんか」

「いかにも。本寿院さまのご懸念とは、万が一のことです。殿がお子を授かることができなければ、慶福《よしとみ》殿か慶喜《よしのぶ》殿のいずれかを選ばなければなりませぬ。歌橋殿も承知と存ずるが、本寿院さまは水戸家を嫌っておられる。篤姫さまは水戸家と気脈を通ずる島津家です。ゆえに気を重くされているご様子」

つまり、篤姫は本寿院の嫌う水戸家と親しい島津斉彬《なりあきら》の養女となっている。

しかし、篤姫が島津家の養女に入り、家定が正室として迎えることは、とうにわかっていたことである。それをいまさら、島津家が気に入らないから反古《ほご》にされては、島津家と将軍家がぎくしゃくしてしまう。

「本寿院さまのお気持ちはお察しいたしますが、この期《ご》に及んでお考えを変えられるのは困ります。伊勢守からもとくと含んでもらいたきもの」

「承知しておりますが、ここはわたしだけの言葉では足りぬでしょう。歌橋殿からも折を見て話をしてくださらぬか」

　気の進まぬ話だった。歌橋は家定の乳母でしかないが、家定は実の母、本寿院より歌橋を子供のころより慕っている。当然、本寿院が快く思うはずもなく、歌橋への風当たりは強い。口も滅多に利かず、進んで顔を合わせようともしない。自然、互いに避けるようになっている。

「わかりました。心得ておきましょう」

　伊勢守はほっと息をついて、言葉を継いだ。

「先に伊達家に使いとして出した不知火隼人のことですが、歌橋殿はあの者ひとりでことは足りるとお思いかな……」

「それは、どういうことで……」

　歌橋は伊勢守の心意をすぐに汲《く》み取れなかった。

「黒船来航以来、世間は開国か攘夷かでにわかに騒いでいます。いまのところ表立った動きはありませぬが、近ごろ外様《とざま》の連中が口を挟むようになり、手を焼き気味です。幕府は開国を望む亜米利加から親書を受け取っておる手前、いらぬ騒《そう》擾《じょう》が起きては困ります。不知火を仙台に放ったのは、まずは奥州の火種を消すことと騒ぎを押さえることにありますが、はたしてあの者ひとりで足りるでありましょうか」

「ほかならぬ伊勢守殿が決められたことではござりませぬか」

「そうではありますが、歌橋殿のお考えをお聞かせ願いたいのです」

どうやら伊勢守は密偵を増やしたい腹があるようだ。本来なら、こういったことは家定が考えるべきことだが、それを望めないのは二人とも承知しているゆえに、神経を使うのである。

「……わたくしは人を増やせば、目立つ動きになり、かえって諸国の大名の不信を買うのではないかと存じます。たしかに、異国とどのような繋《つな》がりをもてばよいかは大事でしょうが、騒ぎを押さえるために多数を頼めば、しくじったときにさらに騒ぎが大きくなるのではないでしょうか」

「……まことにおっしゃるとおり」

「もしご不安なら、此度《こたび》の不知火のはたらきを見てから、あらためてお考えになったらいかがでしょう。寂運和尚の弁を借りれば、不知火隼人はきっと八面六臂《はちめんろっぴ》の活躍をすると申します」

「ほう、八面六臂……これは頼もしき言葉……」

伊勢守は使っていた扇子を閉じて、膝に打ちつけた。

「わかりました。この件は様子を見てから考えることとしましょう」

言葉を足した伊勢守は、目尻に柔和な笑みを浮かべた。

三

六十二万石の伊達家の仙台城下は、江戸を発って以来の大きな町だった。

隼人は広瀬川《ひろせがわ》の対岸、高台に居を構える仙台城をしばし眺めた。天守を持たない城山は暮れゆく西日を背に、深い森のなかから櫓《やぐら》を垣間《かいま》見《み》せていた。目を転じれば、早くも東の空に白い月が浮かんでいた。

「じゃあ不知火さん、先に宿を探しましょうか」

隼人が城下の様子を眺めていると、長次郎が声をかけてきた。

「手伝ってくれるのか」

「ここまで来たんです。はい、さよならってことはないでしょう。なに、あっしの用なんて大したことないんです」

「申し訳ないな」

「遠慮はいりませんで……」

長次郎はそういって先に歩く。広瀬橋を渡り、河原町《かわらまち》の町切《ちょうぎり》という木戸を過ぎた二人は、通町《とおりちょう》通りにある南町あたりまで来ていたのだった。城下の中心地といってよい。

「この先の十字路を芭蕉《ばしょう》の辻《つじ》と申しましてね。城下はその辻を中心に広がってるんです」

何度も仙台に来ているという長次郎は、土地のことに詳しい。

「おぬしはいつ帰るのだ？」

「用がすめばやることはありませんで、まあ急いで帰ることもないから二、三日遊んで帰ることにしますよ。女っ気のない町ではありますが……」

仙台に遊郭《ゆうかく》はないという。遊びたければ、城下から北の塩竈《しおがま》まで足を伸ばさなければならないらしい。そんなことを長次郎はぼやくように説明した。

新伝馬町《しんでんまちょう》に三浦屋《みうらや》という旅籠があり、隼人はそこで草鞋《わらじ》を脱いだ。

「おぬしはどうする？」

案内をしてきた長次郎に訊ねると、

「今夜は仙台屋の世話になるんです。いつものことで……」

と肩をすくめた。

「おぬしがいて助かった。道中では危ういこともあったばかり、またあの連中に出会うかもしれぬ。気をつけるがよい」

「不知火さんも……。じゃ、あっしはこれで」

長次郎はそのまま旅籠を出ていった。

女中に案内されて、二階の客間に入った隼人は、羽織を脱いで一息ついた。小さな旅籠だが、なかなか落ち着ける部屋だった。窓の外に暮れゆく空が見える。江戸と違い、吹き込んでくる風に肌寒さを覚えた。

隼人は湯気を立てる茶を口に含んで、今後のことを考えた。まずは、杉本勘《すぎもとかん》右衛門《えもん》という伊達家の元聞番《ききばん》に会わなければならない。聞番とは、他家や幕府と折衝をする、いわゆる留守居役《るすいやく》である。

勘右衛門はすでに隠居の身であるが、阿部伊勢守の信任が厚く、消息を絶っている前田銑十郎も接触していた人物であった。桑折宿の旅籠で姿を消した小夜のことも気になっているが、杉本勘右衛門に会うのが先である。

茶を飲み終わると、風呂と食事のどちらを先にするかと、女中が聞きに来た。

「中の瀬橋《なかのせばし》というのは、この宿から近かろうか？」

隼人は女中の問いには答えずに、そう聞いた。

「中の瀬橋でしたら、それほど遠くはありません。この旅籠の前の道をお城のほうに向かうと大橋《おおはし》（仙台橋）に行きあたります。その北に架かっているのが、中の瀬橋です」

「さようか。では、使いを頼まれてくれぬか」

女中は怪訝《けげん》そうに目をしばたたいた。

「なんでしょうか？」

「中の瀬橋の近くに杉本勘右衛門というお方の屋敷がある。そこへ書き付けを持って行ってもらいたいのだ。家中の者に渡してくれればよい」

隼人は矢立《やたて》を出すと、半紙に短い用件を書き、結び文にして女中に渡した。もし、盗み読まれたとしても差し障りのないことであった。

「悪いがひとっ走り頼む」

隼人は女中に心付けを渡すのを忘れなかった。

風呂に浸かり、夕餉の膳部を部屋に運んでもらうと、独酌《どくしやく》で酒を飲んで料理に箸を伸ばした。明日、杉本勘右衛門に会うことができれば、伊達家のことはおおむねわかるはずである。また前田銑十郎のことも、勘右衛門なら何か知っているかもしれない。

そんなことを考えつつも、小夜のことが頭から離れない。白石宿を過ぎたところで襲ってきた斎木という浪人の一団は、小夜を見失っていた。

ひょっとすると、小夜は脇道を使って仙台に向かったのかもしれない。もしくはまだ途中の宿場に留まっているのか……。

「……どうにも気になるな」

声に出してつぶやいた隼人は、夜空に浮かぶ月を眺めた。月にかかる薄い雲が、ゆっくり流れている。

盃に酒をつぎ足したとき、ドタバタと階段に慌ただしい足音がして、

「不知火さん」

という長次郎の声がした。障子を開けると、長次郎が息を喘がせながら姿を現した。

「いかがした？」

「やつらに会ったんです。いや、会ったというよりは見かけたんですが、どうや

らやつら、あっしらのことを捜してますぜ」

長次郎は部屋に入ってきて隼人の前に座った。

「近くにいるのか？」

「この先の町屋で見たんです。道中であっしらを襲った連中です。仕返しをするつもりで捜してるのかもしれません」

隼人は盃を置いてしばらく考えた。

斎木という男は、榊田監物の名を出したとき、明らかに知っている顔をした。さらに連中は、秘密を小夜に知られたようなことを口にし、隼人も聞き及んでいると疑っていた。

「……しつこいな」

「どうします？」

「どういう連中なのか知っておく必要がありそうだ」

隼人は箸を置いて、差料を引き寄せた。

「浅井、手を貸してくれるか」

「いわれるまでもありませんよ。わけのわからねえやつらに追い回されちゃ、かないませんからね」

二人は揃って旅籠を出た。

四

長次郎が連中を見たのは、国分町《こくぶんちょう》の北のほうだった。

まだ宵の口だが、通りには人の姿が少ない。暖簾を下ろしていない店もあるが、ほとんどの店はその日の商いを終えていた。

「たしかにあの連中だったのだな」

隼人は閑散とした通りを眺めてから、長次郎を振り返った。

「あっしに刀を抜いた野郎です。見間違えはしませんよ」

長次郎が自信ありげにいったとき、往還の先に提灯《ちょうちん》を持った十数人の一団が現れた。何やらものものしい雰囲気である。

隼人と長次郎は荒物屋の軒先に身を寄せて、様子を窺った。

一団は北のほうからまっすぐ歩いてくる。足音がだんだん高くなり、提灯の明かりに一人ひとりの顔が浮かびあがった。

「町方ですよ」

長次郎が声をひそめていった。弓張《ゆみは》り提灯に、伊達家の家紋である竹に雀が印してあった。前を歩く四人が同心で、後ろについているのは小者と思われた。

先頭の同心がちらりと隼人と長次郎を見やったが、無言のまま通りすぎ、芭蕉の辻を右に折れて城のほうへ姿を消した。

「見廻りかな……」

見送った長次郎がつぶやいた。

「それより連中のことだ」

隼人は戒《いまし》めるようにいって、北のほうへ足を進めた。ところどころに居酒屋や煮売り屋がある。店の前を通るたびに、楽しげな笑い声が聞かれた。江戸のように風流な三味《しゃみ》や鼓《つづみ》の音を耳にすることはない。

どこからともなく犬の遠吠えが聞こえてきた。

東にあった月は、いつの間にか南の空に移っていた。

「この道をまっすぐ行けばどこだ？」

「東昌寺《とうしようじ》という寺の門前です。街道はそこから右に折れて陸奥《むつ》のほうへ向かいます」

長次郎がそう答えたとき、隼人は背後に人の気配を感じたが、そのまま気づかぬ素振りで歩きつづけた。気をつけろ、とささやくように長次郎に注意をうながす。

「え？」

「後ろだ。見るな」

長次郎が緊張するのがわかった。と、右の路地にも人の動く気配があった。

――先に気づかれたか……。

隼人は相手をおびき寄せるように、黙って歩きつづけた。

「どうするんです」

長次郎が心許なげにいう。

「相手の出方を待とう」

そのまま歩いて二日町《ふつかまち》を過ぎた。

「町屋の裏はどうなっている？」

「武家地です。町屋はほとんど武家地に囲まれているようなもんです。この城下はあくまでも御武家支配ですから……」

声を切った長次郎の顔がさっと横に向けられた。隼人も合わせてそちらを見たが、すぐに背後を振り返った。いつの間にか五、六人の男たちが後ろについていた。提灯の明かりに浮かぶ顔に、見覚えのある男が二人いた。道中で襲ってきた斎木の仲間だ。

「やはり城下に入っていたか。二人仲良くうろついてくれて、捜す手間が省けたというものだ」

ひとりの男がいったとき、脇路地からまた新たな男たちが現れた。隼人は人数を数えた。六人。背後の者たちと合わせて十一人である。

「浅井、厄介ごとに巻き込んでしまったようだな」

隼人はまわりの男たちを警戒しながら長次郎に詫びた。

「ご懸念無用です」

「おい、戯言《たわごと》はあとにしろ。おぬしらに聞かねばならぬことがある。ついてまいれ」

低いだみ声が二人の会話を遮《さえぎ》った。隼人の前にいる男だった。こっちに来いと、顎をしゃくる。背後にいた男たちが、無言のまま隼人と長次郎に迫ってきた。

「穏やかに頼むぜ」

隼人の声に、最前の男は無表情な顔を向けただけだった。

往還を外れ、脇路地を一町ほど行った先に空き地があった。火除地《ひよけち》のようだ。

周囲に欅《けやき》の木立がある。隼人と長次郎を先導するように歩いていた男が立ち止まり、ゆっくり振り返った。同時に二人を逃がさぬように、他の仲間が取り囲む。

「いったいなんの話があるというのだ？」

隼人は周囲を見まわしながら聞いた。十一対二。どう考えても勝ち目はない。短筒を思いだしたが、旅籠に置いている振り分け荷物のなかだ。

「まずは貴公の名を教えてもらおうか」

「先に名乗るのが筋ではないか」

隼人は周囲の動きを警戒しながら相手の顔を凝視した。

「……長沼六之助《ながぬまろくのすけ》と申す」

一拍間をおいて、男はそう答えた。

「不知火隼人だ」

「浅井長次郎」

それぞれに名乗った。

「斎木を斬ったそうだな。なんの目的があって仙台へまいった？　ただの旅の者とは思えぬが……」

長沼六之助は隼人と長次郎を交互に見据えて聞く。仲間の持つ提灯の明かりが、長沼の姿を浮かびあがらせていた。絽の羽織に長袴というなりだ。

「城下に鼠がいると聞いて、見物に来たのだ」

隼人の言葉に長沼のこめかみがヒクッと動いた。

「冗談を聞くために訊ねているのではない。教えてもらおうか」

「人を捜しに来ただけだ」

「誰を捜している？」

「誰でもよかろう。おぬしらには関わりのない者だ。それより……」

隼人は無精鬚の生えた顎をなでながら、まわりの男たちを眺めて言葉を継いだ。

「おぬしら、よからぬことを企てているのではないか。斎木という男が、そのようなことを口の端に臭わせたが……」

長沼の眉間に深いしわが刻まれた。

「やつがなんといった？」

「長沼さん、斎木さんは何も申しておりません。そやつは小夜の話を聞いているはずです。やり取りは無用です」

道中で会った男のひとりが声を荒らげた。

「小夜殿から聞いた話はひとつだ。兄を捜しているとな。あとは何も知らぬ」

「誤魔化しは通らぬぞ！」

「決めつけるな。知らぬものは知らぬのだ」

まあ、待てと長沼が間に入った。

「とにかくおれは人を捜しに来ただけだ。この男は薬種屋の使いで仙台にやってきただけで、おぬしらと関わるつもりなど端《はな》からない。いい掛かりもたいがいにしてもらいたい」

「だが、おぬしは仲間を斬っている。非がどちらにあるにせよ、黙って帰すわけにはいかぬ。仙台に来た目的はなんだ？　いえ」

「だから、人捜しだといってるだろう」

隼人はひとつため息をついて、言葉を足した。

「教えればおとなしく帰してくれるか？」

「……答えによりけりだが、手荒なことはしたくない」

「では、お手やわらかに頼もう。前田銑十郎という男だ」

長沼は目を細めて、隼人を凝視した。短い沈黙があり、再び長沼が口を開いた。

「まことであろうな」

「嘘ではない。それよりおぬしたちは伊達家の者か、それとも単なる浪士か」

「そんなことなど、どうでもよいことだ。……わたしたちのことはこれで忘れてもらいたい。約束してくれるか」

「いいだろう。いやなことはすぐ忘れるにかぎる」

「引き止めて悪かった」

「長沼さん」

長沼の隣にいた男が、信じられないという声を漏らして、不服そうな顔をした。

「いいのだ」

仲間に応じた長沼は、隼人と長次郎に道を空けてやるように目配せした。

「話のわかる男でよかった」

隼人は長沼に応じて、帰ろうと長次郎をうながした。そのまままわりの男たちを警戒しながら、後戻りした。一難を逃れたと思ったが、一時の気休めでしかなかった。背を向けた瞬間、男たちが一斉に刀を鞘走らせたのだ。

五

「逃げろ」

隼人は長次郎に声をかけるなり、そのまま駆けだした。腰の刀を引き抜き、目の前の男の胴を払い斬った。

「うわっ」

敵はあっさりのけぞって倒れたが、他の男たちがすぐに退路を塞ぎにきた。相手の肩越しに、表通りに抜ける路地が見える。長次郎は刀を振りまわしながら欅の大木を盾に取っている。

「浅井、逃げるのだ！」

もう一度声をかけて、撃ち込まれてくる刀を払い、右に飛ぶように駆けた。横から撃ちかかってくる男がいる。半身をひねってかわし、片手斬りを見舞い、腰を落として足を打ち払った。

「ぎゃあ！」

膝上を斬られた男がたまらずに地面を転げまわり、他の男たちにかすかな動揺が見えた。

隼人は長次郎とは反対の木立に逃げ込んだ。夜目が利くようになっているし、さいわい月明かりもある。それでも暗いことに変わりはないが、それは相手も同じだ。

「逃がすな」

仲間を叱咤《しった》する長沼の声が背後でした。草を踏み分け、男たちが隼人を取り囲もうとしている。開けた場所で提灯をかざす者もいる。

樹幹を利用して隼人は右に左へと退路を探しながら駆ける。立ち止まって振り返るなり、迫ってくる男の胸を逆袈裟に斬りあげて、返す刀で右から撃ちかかってきた男の腕を落とした。

悲鳴が交錯し、暗い闇に血潮が迸《ほとばし》った。欅の上にいた鴉が驚いて鳴き騒いだ。長次郎のことが気になったが、まずは自分の身を守るのが先だ。

隼人は横から撃ち込んできた男の刀を撥ねあげ、片腕をつかんで、腰に乗せるなり地面にたたきつけた。

瞬間、背後から撃ちかかってきた男がいた。右に飛んでかわし、木の枝をつかんで立ちあがった。

木立のなかに黒い影がいくつもある。隼人は忙しく目を動かして、木立の奥に駆けた。逃がすなという声があちこちでする。低い石垣に駆け上がり、背後の敵を見て、石垣を飛び下りた。路地を疾風《はやて》のように駆ける。

しばらくすると武家地の通りに出た。背後に迫る足音がある。四つ辻を右に折れる。通りに人の姿はない。追っ手の足音がするだけだ。

大きく息を吸って吐き、呼吸を整える。左手に狭い路地があった。どうにか人がすれ違える幅しかない。路地の先はまた別の通りになっている。

心の臓が激しく脈打っていた。つばを飲んで喉の渇きを誤魔化す。片手で額の汗をぬぐったとき、先の道に男が立ち塞がった。背後を見ると、そこにも追っ手の姿がある。

逃げ場はなかった。目の前の敵を倒すしかない。隼人は小走りのまま、相手に向かっていった。上段に振りかぶり、

「とおッ！」

裂帛《れっぱく》の気合を込めて撃ち込んだ。

相手はその迫力に圧《お》され、飛びすさってかわしたが、即座に反撃を試みた。隼人は送り込まれてきた突きを右にかわし、胴を薙ぎにいったが、相手の下がるのが一瞬早かった。相手はそのまま数間後退し、武家地の通りに出た。

そこには敵の仲間がもうひとり控えていた。隼人が路地を抜けた瞬間、横合いからむささびのように飛んできた影があったのだ。間一髪でかわした隼人は、トンと地面を蹴るなり大きく宙を舞って、最前の敵の背後に立った。相手が驚いて振り返ったところを、肩から胸にかけて袈裟懸けに斬った。

「うぐッ……」

斬られた男はたたらを踏んで前のめりに倒れた。もうひとりは腰を落とした低い構えで、じりじりと間合いを詰めてくる。抜けてきた路地に追っ手の姿がある。

隼人はゆっくり下がりながら、刀を右へ左へと閃《ひらめ》かせた。闇を吸い取る白い刃が、月明かりに残光を描いた。そのとき、ピーッと甲高《かんだか》い音が夜空にひびきわたった。町方の呼子《よびこ》である。男たちに動揺が見えた。刹那、隼人は大きく下がり、そのまくるっと背を向けると、脱兎《だっと》のごとく駆けだした。

これ以上、無用な斬り合いは避けたかった。途中で後ろを振り返ったが、追ってくる者はいない。急を知らせる呼子の音があちこちでしている。

三町(三二七メートル)ほど走った隼人は、ようやく足をゆるめた。呼吸を整えながら、周囲を見まわす。静かな武家地のなかで、方向がわからなくなっている。空を見あげて月の位置をたしかめ、右のほうだと見当をつけて歩いた。

呼子の音が遠ざかっていた。隼人はふっと息をついた。全身汗びっしょりである。勘を頼りに歩いているうちに、町屋の通りに出た。縄暖簾の明かりはあるが、人の姿はほとんどない。北のほうへ足を向けるうちに、覚えのある商家をいくつか見つけた。

長次郎が気がかりだったが、先に旅籠に戻ることにした。無事なら訪ねてくるはずだ、いや、無事であってくれと心のなかで祈った。

「お侍さん、お待ちしていたんです」

旅籠に入るなり、使いを頼んでいた女中が廊下の奥から小走りにやってきて、

「あら、汗びっしょりじゃありませんか」

と、目を丸くして小首をかしげた。

「汗かきでな。それより手紙は渡してきたか」

「ええ、それでさっき杉本さまのお使いが見えて、こちらを渡してくれとのことでした」

女中は一通の書状を隼人に渡した。

それは杉本勘右衛門からのもので、明日の朝、屋敷を訪ねてくるように書かれ

ていた。

部屋に戻って羽織袴を脱ぎ、楽な恰好になって、女中の運んできた麦湯をがぶ飲みした。長次郎はどうなっただろうかと、闇に包まれた表を眺めた。

そのとき、階下で騒がしい声がして、すぐに階段を上ってくる足音があった。

「不知火さん、不知火さん」

長次郎である。隼人が廊下を見ると、汗だくの顔をした長次郎が転がるように部屋に入ってきた。

「無事だったか」

「ええ、なんとか逃げてきました。不知火さんも無事で何よりです」

そういう長次郎は左の肩口に血をにじませていた。

「斬られているのではないか……」

「かすり傷です。大したことありませんよ。それよりやつらはいったい何者なんですか」

「おれにもわからぬ。だが、穏やかではないな」

「不知火さん、あっしには女を捜しに仙台に来たとおっしゃいましたが、さっきの長沼って野郎には、前田なんとかって男を捜しに来たようなことを申されましたね」

長次郎は一膝詰めて聞く。

隼人は長次郎の顔をしばらく見つめ返した。ともに死地をくぐり抜けた男である。嘘はつけない。だが、真の目的を話すこともできない。

「前田銑十郎というのはお庭番だ。仙台城下に入り、伊達家に探りを入れていたのだが、消息を絶っている。その足取りをつかみたいのだ」

「生きているのですか？」

「わからぬ」

「じゃあ、不知火さんは公儀のお使いで……」

「まあ、そう思ってもらっていいだろう」

この辺は曖昧《あいまい》に答えるしかない。

「それより、この地は不案内だ。浅井、もしよかったらしばらくおれに付き合ってくれぬか」

隼人は砕けたものいいをした。

「へえ、どうせ用事もすませましたし、お望みとあらば」

「では、頼む」

その夜、長次郎は隼人と同じ旅籠の客となった。

六

月が雲に遮られ、あたりに深い闇が立ち込めた。

小夜は周囲を見まわして、そっと石名坂《いしなざか》に立った。

足軽屋敷が並ぶ通りで、どの家も静かだ。南鍛冶町《みなみかじまち》に向かう水路が、ちろちろと軽やかな水音を立てている。

小夜は今日の昼間、仙台城下に入り広瀬川沿いに進んできたが、大橋（仙台橋）の手前で長らく躊躇《ためら》った。日が暮れるまで、河原に身をひそめるようにして座っていたが、心の臓は高鳴るばかりだった。

ただひとりの身内である兄の行方はわからぬままで、得体の知れない浪士に追われることになった。一度、捕まりかけたところを振り切って逃げたが、連中は驚くことに桑折宿まで追ってきた。

わたしが何をしたというの……。何を知っているというの。いったい兄とあの男たちはどういう関係があり、また兄は何をしでかしたのだろうか。

疑問は解けぬままである。ただ、兄捜しが危険なことで、自分にも災厄の火の粉が降りかかっているのがわかっているだけだ。

こんなに心細い思いをするのだったら、桑折宿で助けてくれた不知火隼人という侍を頼っていればよかったと、いまさらながら後悔する。

しかし、その不知火隼人に思いがけずもはしたない申し出をしたことを、小夜は深く恥じ入っていた。危険なところを助けてもらい、路銀もなにもない、着の身着のままの自分に思いもよらぬ親切を施されたことで、己を見失ったのだ。

施しを受けたなら、返すのが筋。だが、あれは気の迷いであった。不知火隼人は何の見返りも欲していなかった。

馬鹿なことをしてしまった……。

小夜は何度も悔やみ、唇を噛んでいた。

宿を逃げるように出たのは、意を決した申し出を断られたという後悔の念と、明るみで顔を見られたくないという羞恥心からだった。

表街道は危険だと思い、脇道や野路を辿りながらほうほうの体《てい》で城下に戻ってきたが、もはやどこにも行き場がないことに、はたと気づいた。

家にまっすぐ帰りたくとも、あの連中が待ち受けている気がしてならない。単なる勘でしかなかったが、家に近づけば近づくほどいやな胸騒ぎがした。

小夜は息を殺して石名坂の下に立っていた。通りは深い闇に包まれ、なまぬるい風が肌を舐めてゆく。すり切れた草履からはみだした指が、昼間の熱暑に焦がされた地面の温もりを感じている。乱れた髪を指先でうしろに流して、意を決した。

どう転んだところで、一度は家に戻らなければならない。それに、家にはあの連中ではなくて、兄が待っているかもしれない。淡い期待もあることはあった。

小夜はゆっくり坂を上りはじめた。伊達家の下士が多く住まうところである。石垣や築地塀《ついじべい》の向こうに、藁葺《わらぶ》き屋根が見える。

家に近づいた。小さな木戸門が、雲から吐きだされた月明かりに浮かんだ。小夜は周囲を見まわした。どこかで犬の吠え声がする。

肩を動かして息を吸い、ゆっくり吐きだした。腹の虫が小さく鳴いた。ほとんど食うや食わずで帰ってきた。口に入れたのは途中の畑で見つけた桑の実や野の苺《いちご》だった。

息を殺し、足音を忍ばせて木戸門から玄関に近づいた。家のなかには明かりも、人のいる気配もない。胸騒ぎがするのは、気を回しすぎているだけかもしれない。宥《なだ》めるように自分にいい聞かせ、玄関の戸に手をかけた。近くの林で夜鴉が突然鳴いて、ビクッと肩をすくめた。

　気を取りなおしてゆっくり戸を横に滑らせると、音もなく動いた。そのまま三《た》和土《たき》に目を凝らした。草履が一揃いあるだけだった。他人のものではない。暗い座敷に目を向けた。やはり誰もいない。安堵《あんど》の吐息をついて、小夜は手探りで居間に向かった。台所横の燭台《しょくだい》に辿りつくと、火打ち石を使って火をつけた。暗かった居間が、一挙に明るくなる。疲れた顔が赤い炎に染められた。

　胸をなで下ろしたが、やはり兄は帰っていなかったと気落ちもした。水瓶《みずがめ》の蓋を取り、柄杓《ひしゃく》を手にしたとき、背後でなにか軋《きし》む音がした。

　はっとして振り返ると、そのまま顔が凍りついた。

「やっと帰ってきたか。待ちくたびれておったぞ」

　足許の燭台の明かりを受けた男の顔が赤鬼のように見えた。その頬ににやりと笑みが浮かんだ。小夜は悲鳴をあげたくても、あまりに不意のことに呆然と立ちつくしているしかなかった。

「もう逃がしはせぬ。まったく世話をかけやがって……」

　男の手が小夜の手をつかんだ。ようやく大きな悲鳴が出そうになったが、すぐに口を塞がれてしまった。汗くさい男の臭いが、鼻を強くついた。

七

仙台城下の武家屋敷はどこも敷地を広く取ってあるが、杉本勘右衛門の屋敷は際立って大きかった。櫓門《やぐらもん》の構えも重厚で、庭も広い。

翌朝、勘右衛門の屋敷を訪ねた隼人は、その立派さに少なからず驚いた。さすが、藩の元重臣だっただけはある。

玄関脇の控えの間に長次郎を待たせて、隼人は奥の書院で勘右衛門と対面した。勘右衛門は背の高い男だった。六十半ばだというが、壮健で矍鑠《かくしやく》としており、目にも強い光があった。

「こたびは、いかようなことを……」

「阿部伊勢守さまのご命令でこの城下に入った前田銑十郎なるお庭番が、杉本さまのお世話になったと聞き及んでおります。その前田殿の行方をご存じありませぬか？」

「行方と申すが、いなくなったということであるか……」

勘右衛門は白い眉を動かした。

「桑折の代官所から伊勢守さまに書簡を出したきり、行方知れずとなっております。その書簡には、もう一度仙台に戻るといったことが書かれていたのですが……」

「たしかに前田の訪問は受けたが、それ以降のことはわしには何もわからぬ。しかし、行方知れずとは……どうなったのだ」

勘右衛門は扇子を開いてあおいだ。

「前田殿は、どのようなことを杉本さまに……」

勘右衛門は視線をそらして、しばらく庭を眺めた。池の配された庭には、季節のうつろいを楽しめるように、椿《つばき》やしだれ桜、あるいは紅葉や七竈《ななかまど》などが植えられている。

「わしは永らく伊達家に仕えてきた者だ。家中にとって不利益になるようなことは申さぬが、伊勢守さまには江戸表ではなにかと世話にもなっておる。聞番として話せることは忌憚《きたん》なく話しているが、伊達家には決して幕政に反するがごとき動きはない。昨今、異国の船が再三やってきて鎖国を解けなどと申しておるそうだが、伊達家は水戸公と同じ考えで、あくまでも攘夷である」

「…………」

「とは申せ、表だって動いているわけではない。いまは上《うえ》つ方《かた》がどう動くか、まずは眺めているといったところだろう」

「家臣に不穏な動きはございませんか？」

「なかにはよからぬ考えを持っている者もいるようだが、屋敷奉行と町奉行の目が光っておる。城下でへたなことはできぬし、万が一騒ぎが起きたとしても、すぐに押さえられるのがおちだ」

屋敷奉行は町奉行同様に城下の治安維持にあたる役目を負っており、主に武家地と寺社地を受け持っていた。一方の町奉行には南方と北方があり、奉行の下に城下取締役の同心たちが配されていた。

「前田殿が城下でどのような動きをしていたか、わかりませぬか？」

「わしの知るところではない。あくまでもわしは伊達家の考えをそのまま伝えたにすぎぬ」

「前田殿は杉本さま以外にも、伊達家家中の者と会っていると思われますが、そのことはいかがです」

「それもわしの知るところではない」

勘右衛門には不都合なことは一切いわぬという頑迷《がんめい》さを感じる。こういった男には、いくら探りを入れても、腹のなかまで知ることはできない。

隼人は矛先《ほこさき》を変え、他のことを訊ねた。

「昨夜ある男に会ったのですが、杉本さまは長沼六之助と申す男をご存じありませんか？」

「……長沼……いや、知らぬな。家中の者か？」

「いえ、よくわかりませぬ。それでは、三沢養助という男はどうでしょう」

小夜が捜していた兄のことだ。勘右衛門は知らないと首を振った。

「……もうひとり、榊田監物という男はいかがでしょう？」

勘右衛門は眉間に深いしわを刻んだ。

「なぜ榊田のことを知っておる」

隼人は道中で小夜と会ったことを手短に話した。

「小夜殿は兄、養助殿を捜していたのですが、その養助殿は榊田監物に誘われて家を出たきりになっているそうで……」

「三沢養助なる者はわからぬが、榊田は藩に目をつけられている男だ。洋学にかぶれた痴《し》れ者《もの》らしく、藩に海防の急務を訴えて蟄居《ちっきょ》を命じられたが、行方をくらましている。榊田は勝手に武備を調《ととの》えているとの噂もある危険な男だ」

「榊田の住まいはわかりますか？」

「元寺小路《もとてらこうじ》に満願寺《まんがんじ》という寺がある。その寺のそばだが、行っても誰もおらぬだろう。町方が目を光らせているだけだ。だが、その榊田と前田銑十郎が関係しているかどうかはわからぬぞ」

「念のためにあたってみようと存じます」

「好きにするがよかろう。くれぐれも申しておくが、伊達家は幕府に背くようなことはしておらぬ。このことだけは心に留めて置いてもらいたい」

「承知いたしました」

杉本家を辞去した隼人は、屋敷表に出るなり、

「元寺小路に榊田監物の屋敷がある。わかるか?」

と、横に並んで歩く長次郎に訊ねた。

「家はわかりませんが、元寺小路のどのあたりです?」

「満願寺のそばらしい」

「だったら大方の見当はつきます」

長次郎の案内で榊田監物の家に足を急がせた。二人とも昨日となりは変わらぬものの、顔を隠すように編笠を被っていた。日射しは徐々に強くなっているが、西の空に雨雲のかたまりが見られた。一雨来るかもしれない。

満願寺は新伝馬町の北に位置していた。その寺の裏側に榊田監物の家はあったが、木戸門にも玄関戸にも板が打ちつけられていた。槍を持った番士が見張りにつき、榊田家の出入りを監視していた。

隼人はその様子を見ただけで、きびすを返した。

「どうしたんです？」

長次郎が急に引き返した隼人を追ってきた。

「あれでは話にならぬ。つぎは陸前屋という味噌屋だが、わかるか？」

「味噌屋ですか……」

長次郎はしばし考え、それなら立町《たちまち》ではないかと首をひねる。遠いのかと隼人が聞けば、昨夜長沼らに襲われた近くだという。

「その町にあるかどうかわかりませんが、どこかで聞いてみましょう」

昨夜は閑散としていた往還《おうかん》も、昼間は違う表情を見せている。通町通りの両側には、商家が色とりどりの暖簾をあげ、奉公人たちが忙しそうにはたらいている。干物や紙の振り売りなどもいるし、行商人の姿も少なくない。油問屋に呉服屋に塗り物屋に小間物屋などと、江戸に劣らぬにぎわいである。

しばらく行ったところで長次郎が飴《あめ》売りをつかまえて、陸前屋のことを訊ねるとすぐにわかった。やはり立町にあるという。芭蕉の辻の北である。

長次郎は町屋の裏にまわって近道をする。表通りよりこちらのほうが人目につかない。昨夜のことを念頭に置いているのである。路地裏を右に左に折れてゆく。立町に入ったところで、表通りに出た。陸前屋は町の外れのほうにあった。問屋というが、荒物屋と煙草屋に挟まれた間口五間ほどの店だった。

古びた看板に、色のあせた暖簾。繁盛しているようには見えないが、味噌屋らしくはある。表口に足を向けたとき、長次郎が隼人の袖をつかんで一方に顎をしゃくった。陸前屋の路地にある勝手口のほうだ。三人の男が店から出ていくところだった。

「昨日のやつらです」

長次郎はさっと葦簀《よしず》の陰に入った。隼人も身を隠し、勝手口のほうを窺う。と、またひとり男が出てきた。見覚えのある顔だった。昨夜自分たちを襲った長沼の仲間だ。隼人は下唇を舌先で舐めて考えた。

「……長次郎、この店を見張っておいてくれないか。おれはやつらを尾《つ》ける」

「見張りを——？」

「この店はただの味噌屋ではないはずだ。桑折で会った小夜という女は、榊田監物なる男がこの店に出入りしているといった。出入りの人間を見ていてくれ」

隼人はそれだけいい残すと、路地をのぞき見た。もう人の姿はなかった。

「頼んだぞ」

もう一度長次郎に告げて、男たちの消えた路地に足を進めた。路地の先は武家地である。裏道に出ると、先の武家屋敷の角を折れてゆく男たちの姿があった。

隼人は一度背後を振り返ってから尾行を開始した。

第五章　塩《しお》竈《がま》

一

眼前に宮城野《みやぎの》が広がっていた。

穂を実らせた稲田の上すれすれを、無数の蜻蛉《とんぼ》たちが舞い交っていた。街道の途中に鄙《ひな》びた草堂《そうどう》が一宇《いちう》あった。背後には田や畑にならない雑草地と雑木林が茂っている。

この辺一帯は秋花の景勝地であった。萩《はぎ》に女郎花《おみなえし》、吾亦紅《われもこう》に藤袴《ふじばかま》、桔《き》梗《きょう》などが旅行く者たちの目を楽しませてくれる。

だが、いまは、ただ強い草いきれが鼻をつくだけだった。

長沼の仲間は三人である。脇目もふらず足を急がせている。隼人は男たちから充分な距離を取って尾行していた。

辿《たど》っているのは石巻街道《いしのまきかいどう》である。男たちは苦竹《にがたけ》の舟曳堀《ふなひきぼり》をすぎ、さらに北上していった。途中の茶店で一度休息しただけだ。

尾行をつづける隼人は、男たちの仲間が遅れてくるかもしれないと背後を気にしたが、その様子はなかった。西の空の雲行きがだんだんあやしくなっていた。頭上の空に数羽の鳶《とび》が舞っている。

男たちは七北田川《ななきたがわ》の手前、今市《いまいち》に入った。でこぼこの乾いた街道を、牛車が車輪を軋ませて行きすぎた。風が強くなり、雲がいよいよ流れだした。土埃が巻きあげられ、竹林が白い葉裏を見せて音を立てた。

前を行く男たちも天気が気になるのか、何度か空を仰ぎ見たが、尾行している隼人に気づく様子はなかった。崩れそうになる天気と競うように足を急がせる。

今市を過ぎて半里ほどしたとき、ぱらぱらと乾いた地面に雨粒が黒いしみを作りはじめた。それはすぐに大粒の雨に変わり、一気にあたりが夕暮れのように暗くなった。

前を行く男たちは先の道を小走りに駆けて、大きな杉の木の下で雨宿りをはじめた。

隼人は気づかれぬように、街道に枝葉を伸ばしている銀杏《いちょう》の根元に腰をおろした。ピカッと稲妻《いなずま》が走り、雷鳴が轟《とどろ》いた。簑笠《みのかさ》を被った百姓が悲鳴じみた声をあげて隼人のそばに来て、申し訳なさそうに頭を下げた。

「通り雨だろう」

隼人がいうと、

「へえ、そうだと思います」

と、百姓が答えた。

「この道はどこへ行く？」

「は……」

百姓は汚れた手拭で首筋をぬぐった。

「松島《まつしま》を通って石巻《いしのまき》のほうまで行きます。その先は気仙沼《けせんぬま》になりますが……」

「ふむ、なるほど」

納得したようにうなずく隼人だが、地理がよくわかっていなかった。先のほうで雨宿りをしている男たちはまだ動く様子がない。

「つぎの宿はどこになる？」

「塩竈ですが、その手前に市川《いちかわ》という小さな宿もあります」

百姓は塩竈まで二里ほどだと付け加えた。

矢のように降る雨は地面を穿《うが》ち、あっという間に水溜まりを作った。しかし小半刻ほどすると雷もやみ、雨も小降りになった。

百姓が立ちあがるのと、先の道で雨宿りをしていた男たちが動きだしたのは、ほぼ同時だった。隼人はしばらく見送ってから腰をあげた。

小降りになった雨は間もなく霧雨《きりさめ》のようになり、嘘のようにあがってしまった。鼠色の雲が流されているだけで、西の空が明るくなった。

男たちは市川という小さな宿を過ぎると、脇の間道に入っていった。野原は途切れ、山道となる。道が曲折していて気づかれる恐れはないが、隼人は注意を怠らなかった。なだらかな上り坂がつづくと思えば、急に下りになったりする。樹《じゅ》間《かん》越《ご》しに男たちの姿が垣間見える。

道幅は二間もない。石ころ道だが、雨に濡れて滑りやすくなっていた。

森閑とした杉林を抜けて下り坂に差しかかったとき、頭上でなにかが動く気配があった。仰ぎ見ると黒い影がふわりとふくらみ、隼人めがけて降りかかるように落ちてきた。

注意が前方に向いていただけに、まったく虚をつかれた恰好だった。首に腕をまわされ、後ろに引き倒されると、鳩尾《みぞおち》をしたたかに突かれた。

「うっ……」

うめきながらも反撃を試みようとするが、相手の動きが速かった。それでも隼人は地を横に転がって、男から逃げた。立ちあがろうとするところへ、抜き身の刀を撃ち込まれた。すんでのところでかわし、咄嗟《とっさ》に刀を鞘走らせて男と正対した。

「なにやつだッ」

押し殺した声で誰何《すいか》したが、男は無言のまま間合いを詰めてくる。

右に飛んで男の腰を払いにいったが、刀の棟で弾きかえされた。パッと後ろに飛んで、地摺り下段の構えに入る。

相手は坂下、隼人が坂上という位置になった。木の間を抜けてくる日の光が、男の横顔をはっきり浮きあがらせた。

「昨夜の仲間だな」

隼人はジリッと間合いを詰めて問うた。

相手の片眉が怪訝《けげん》そうに動いた。

「何をいっている？」

男は考えるように一呼吸おいてから口にした。殺気が薄れた。

「やつらの仲間ではないのか……。すると、旅人の 懐《ふところ》を狙う盗人《ぬすつと》なのか……」

「おぬし、何者だ？」

男は構えていた刀を下げた。

「それはこっちの科白《せりふ》だ。いきなり斬りかかってきやがって……」

憮然《ぶぜん》といい返した隼人は、間合いを外してから刀を納めた。

「貴公、前を行く三人を追っていただろう」

隼人は目を細めて、小首をかしげた。

「……なぜ、そのことを？」

「この山道に入る手前でやつらを見かけ、尾けていたのだ。てっきりおぬしはやつらの仲間で、追いかけているのだとばかり思ったのだが」

「貴公、土地の者ではないな。名はなんと申す？　拙者は不知火隼人。旅の浪人だ」

「旅の者にしては妙だな。……拙者は前田銑十郎」

「なんと」

隼人は驚かずにはいられなかった。

二

小半刻後、二人は蕭々《しょうしょう》と松風の吹き抜ける間道の上の丘に並んで腰をおろしていた。

眼下に曲がりくねった道が見える。隼人が尾行していた男たちの姿は、もう見えなくなっていた。

「いつからここにいるのだ？」

隼人は真っ黒に日に焼けた前田銑十郎の横顔を眺めた。

「こちらに来たのは三日前だ。その前は塩竈にひそんでいた」

銑十郎は竹筒に口をつけて水を飲み、隼人にも勧めた。銑十郎は桑折宿で江戸に書簡を出したあと、仙台城下に戻り、不穏な動きをしている浪士らを探っているうちに捕まったと話した。浪士らに拷問《ごうもん》にかけられ、執拗《しつよう》な訊問を受けたが、一切口を閉ざしていたという。拘束されていたのは苦竹村の百姓家だったが、見張りの隙をついて逃げだしたのだ。

だが、そのまま仙台城下には戻らず、浪士らの動静を探りつづけていたらしい。

「いったいそいつらは何者なのだ？」

「旗振り役は榊田監物という男だ。江戸や長崎で洋学を学び、林子平《はやししへい》の考えに感化されている」

「林……」

隼人の知らぬ名だった。

「昔の人間だが、異国の侵略に備えるために『海国兵談《かいこくへいだん》』なる書を残している。仙台藩や幕府に我が国の危機を訴える建議書《けんぎしょ》を出して処罰を受けた男だ。『海国兵談』を読んだことはないが、危険の書という烙印《らくいん》が押されている。榊田は林子平が諭《さと》したことと、江戸や長崎で学んだことをもとに、自分の意を汲む浪士らを集めて一国党《いっこくとう》というものを作っている」

「何の目的があってのことだ？」

「まだよくわかっておらぬが、榊田は武器を集めているのではないかと思う」

「いったいどこから？」

「それもわからぬ。だが、やつは藩に無謀な建議書を出して蟄居を命じられたが、それを無視して野に下り、ひそかに仲間を集めている」

「武器を集めて戦《いくさ》でもはじめる気か……」

「その気のようだ」

隼人は遠くの空に向けていた視線を、慌てたように銑十郎に戻した。

「やつの仲間を締めあげて聞いたことだが、黒船と一戦交える腹づもりらしい。貴公も伊勢守さまの息のかかった者なら、亜米利加が開国を迫っていることは聞き及んでいるだろう。黒船は来年もまたやってくる。榊田はその機を狙っているようだ」

「黒船は大砲を備えた大きな軍艦らしいではないか」

「そのようだな」

隼人も実物を見たことはないが、銑十郎も同じのようだ。ただ、黒船のことは有名で、かつ誇張された噂が飛び交っていた。無数の大砲を備えた黒船は、たった一発の砲弾で江戸市中を火の海にすることができる。幕府の持つ大砲など届かない、はるか沖合から攻撃できる能力がある。船は日本で一番大きな船の何十倍もある等などだ。

「黒船を相手にどうやって戦おうというのだ」

「それは拙者にも見当がつかぬ。だが、これで仲間が増えた。手を貸してくれるか」

鉄十郎は隼人に顔を向けて聞いた。

「手を貸すのはもちろんだが、榊田のもとへ走った男がいる。三沢養助という男だ。知らぬか?」

鉄十郎は少しだけ考える目をしたが、わからないと答え、なぜその男のことを知っていると問い返してきた。隼人は桑折宿で会った小夜のことを話した。

「小夜という女は、兄の養助を捜すために陸前屋という味噌問屋を嗅ぎまわっているうちに、連中に追われる羽目《はめ》になったようだ。小夜は連中のことをよく知らない。ところが、やつらは自分たちの秘密を知られたと思っているらしい。おれも疑いをかけられて襲われたばかりだ」

「そういうことか……。陸前屋は榊田が根城にしていた店だ。ただ、店の者は榊田のことをよくは知らない。不審を抱いているようだが、金を積まれてでもいるのか、榊田については知らぬ存ぜぬだ」

「それで、やつらのことをどうするつもりだ。武器を集めているとなれば、放ってはおけぬだろう。伊達家に知らせて、捕り方を出して押さえればすむことではないか」

「いや、それは軽率というものだ。まだ、たしかな証拠はないし、榊田の姿を見ていない。藩に知らせるのはそのことをたしかめてからだ」

流れる雲のいたずらで、一瞬日が翳《かげ》った。

「……腹は空いておらぬか」

銑十郎はそういって、懐から包みを出した。干菓子《ひがし》だった。

「もらおう」

隼人はひとつをつまんで口に入れた。歯応えがあり塩気がよく利いていた。疲れて汗をかいた体には、ほどよい食べ物だった。これは砂糖と塩を混ぜたみじん粉をこね、塩漬けの紫蘇《しそ》を粉末にしてまぶした簡易食だった。旅の供にも酒の肴にも合いそうだ。

「……伊達家に不審はないのか？」

隼人は干菓子を飲み込んでから聞いた。

「伊達家は幕府に忠実だ。謀反《むほん》の意図は感じられない」

「杉本勘右衛門殿もそう申されていた」

「杉本さまに会ったのか？」

銑十郎は驚いたように目を見開いた。

「伊勢守さまのお指図に、会うようにとあったからな……」

「そうであったか。だが、杉本さまの言葉だけを鵜呑《うの》みにしてはならぬ。調べることは調べなければならぬ」

「それがお庭番の役目というわけか……」

途中で言葉を切った隼人は、下の間道を行く人影に目を凝らした。五人の男に女がひとり。旅人とは思えぬ軽装である。

「……あれも、榊田の仲間なのだろうか」

隼人はつぶやきながらも一行を凝視した。遠目なのでよくわからないが、男たちに囲まれるように歩いている女が小夜に似ているような気がした。

「ひょっとすると、いま話した小夜という女かもしれぬ」

隼人はさっと立ちあがると、急斜面を下りはじめた。

「おい、気をつけろ」

銑十郎が注意してきた。

「すぐに戻る」

隼人は短く答えてから、斜面を滑るように駆け下りた。一行はもう先の道に進んでいた。まわりを見て、林のなかを抜けて近道をすると、崖の上に出た。女連れの一行が下り坂に差しかかって、隼人のいる崖下にやってきた。

腹這いになって目を凝らしてすぐ驚いた。

「……小夜殿」

飛び下りるには崖はあまりにも高すぎた。

小夜はうつむき加減で歩いていた。男たちは知らない顔ばかりだが、例の連中に違いない。どうしようか迷ったが、一行の姿は山道の奥に見えなくなってしまった。

隼人は銑十郎のもとに急いで戻ると、

「やはり小夜という女だった。連れ戻すので手伝ってくれ」

と、もう一度間道に戻ろうとした。

「待て。この先にはやつらの見張り場がある。へたに動くと危ない」

銑十郎が隼人の腕をつかんで諭した。

「しかし、放ってはおけぬ」

「落ち着け。さっきの男たちが榊田の仲間なら油断がならぬ。榊田の仲間には最《も》上主税《がみちから》という用心棒がついているし、他にも腕に覚えのある者がいる」

「それではどうしろというのだ」

銑十郎はしばらく考え込んだ。

「二人では無理だ」

「それでは伊達家に助《すけ》を頼むか」

「いや、それはできぬ」

「ならばどうする……」

「貴公には他に仲間はいないか？」

隼人は小枝を折って、遠くを眺めてから答えた。

「ひとりなら助を増やせる」

「ひとりだけか？」

鉄十郎が探るような目を向けてきた。

「他にはおらぬ」

「だったら、その者に頼めるか……」

「腕はたしかだ。陸前屋を見張らせている浅井長次郎という男だ」

「なんだと」

鉄十郎は目をしかめて、言葉を足した。

「そいつは桑折代官所に雇われている者だ。雇っているのは手付の竹垣惣右衛門だ」

「何……」

今度は隼人が驚く番だった。

「おそらくおぬしのことを調べるために、竹垣さんが遣わしたのだろう」

「くそ、手の込んだことを……。道理で調子がいいと思った。だが、やつは敵ではない。力を貸してくれるはずだ」

「それなら頼もう」

三

小夜はどこに連れて行かれるのかわからなかった。

男たちは、ただ話を聞かなければならない、会わせたい人がいるといったきりで、余計なことは一切しゃべらなかった。

会わせたい人……。

兄の養助ではないかと思って聞いたが、男たちはなにも答えなかった。恐怖と心細さはあったが、男たちが乱暴をしないことが救いだった。ただ、朝から歩き詰めでへとへとに疲れ切っていた。

「もうすぐだ」

木村《きむら》という蟷螂《かまきり》のように痩せた男が、小夜を振り返った。もう、小夜はなにも聞く気がしなかった。いまはただ、横になって眠りたい。昨夜からろくに眠っていないのだ。

ぼんやりした目でまわりの景色を眺めたが、どこなのか判然としなかった。上り坂を越えると、急に視界が開けた。坂の下に櫛形《くしがた》の入江があり、その沖合には大小の島々が西日に光り輝いていた。松島《まつしま》だ。

坂を下りると、どこからともなく男たちの仲間が現れた。

「その女がそうか……」

やってきた男のひとりが、小夜を品定めするように眺めた。

「手を焼いたが、家に戻ってきたところをつかまえた」

木村が応じて、皆はどこだと聞く。

「小屋で待っている。明日の朝、船が着くそうだ」

「先生はおられるか?」

「お待ちだ」

小夜は木村にうながされて、細い岸壁の道を歩かされた。しばらく行くと、切り立った崖の上に粗末な小屋が二つあった。崖下には何艘もの舟が舫《もや》われていた。どれもこれも漁師舟だった。

　小夜は小さな小屋のほうに連れて行かれ、そこで待つようにいわれた。逃げられないように三人の若い男が同じ小屋に入った。小夜は気丈な目をして、三人の若者を見た。

　男たちは笑みを浮かべて見てきた。

「怖がることはない。おとなしくしていれば何もしない。腹は減っておらぬか？」

　背の高い男に聞かれたが、小夜は首を横に振った。

「水はそこにある。適当なところに座って休んでいろ」

　男は一方の水瓶を顎でしゃくって、土間に敷かれた莚《むしろ》に腰をおろした。小夜は男たちを警戒しながら、小屋の隅に行って座った。雑然とした物置のような建物で、一方に柳行李《やなぎごうり》や箱が積まれていた。開け放たれた蔀戸《しとみど》から、遠くの海と島が見えた。西日の帯が走る海は、きらきらと輝いていた。海鳥《うみどり》の声と、打ち寄せる波の音がしていた。

　男たちはこの小屋に寝泊まりしているらしく、掻巻《かいまき》があちこちにあった。膝小僧を抱えて顔を伏せた小夜は、急に強い睡魔に襲われた。目を閉じると、眠ってはいけないという意思とは反対に、そのまま眠りこけてしまった。

肩を揺さぶられて声をかけられたのは、どのくらいたってからだろうか。はっとなって目を開けると、背の高い若者がすぐそばにいた。

「そうビクつくな。おれたちは鬼ではないんだ」

男は親しげに微笑《ほほえ》む。他の男たちも小夜を安心させるような笑みを浮かべていた。蔀戸の外は暮れかかっていた。そう長く居眠りしたわけではなさそうだ。

「下の浜に行く。ついてきてくれ。おれは永井寿太郎《ながいじゅたろう》という」

そう名乗った男は、先に小屋を出た。他の若者も永井にしたがい、小夜を振り返って、いっしょに来るのだと命じた。

小夜はよろよろと立ちあがると、黙って永井たちのあとにしたがった。崖道を進み、入り江となっている浜に下りると、十四、五人の男たちが立っていた。全員の視線が小夜に向けられた。そのなかからひとりの男が歩み出てきた。

暮れ色の空を背景にしているので顔はよく見えなかったが、すぐに兄の養助だとわかった。

「……兄上」

「小夜」

しばらく見つめ合ったあとで、養助が口を開いた。

「どうしてじっとしていなかった。わたしを捜すことなどなかったのだ」

「何をいってるのです。何もいわずに出て行った兄上のせいではありませんか」

小夜はキッとした目で養助をにらんだ。

「断らなかったことは謝る。だが、こうなるとは思わなかった」

「いったいどういうつもりなのです」

養助はひとつ息を吐いて近づいてきた。

「おまえに話してもわからぬと思うが、わたしはこの国を救わなければならない」

「…………」

いきなりの言葉に、小夜は面食らう思いだった。

「おまえは知らぬだろうが、この国は安泰ではない。そのために……」

「三沢、妹殿が見つかったそうではないか」

突然の声が養助の言葉を遮《さえぎ》った。一方から歩いてくる男がいた。

「先生」

全員がやってくる男に体を向けた。先生と呼ばれた男は、やがて養助の横に立って、小夜をまじまじと見つめた。

四

「そなたが三沢の妹か……」

「榊田監物先生だ」

養助が紹介した。小夜は監物をにらむように見た。顴骨《かんこつ》が張り、がっしりした体の男だった。薄闇でもその眼光の鋭さがわかった。

「陸前屋を探っていたそうだが、単に兄の三沢を捜しておっただけなのか？」

榊田が穏やかな口調で訊ねた。

「それ以外になんと答えればよいのでしょう……」

「さようであったか。しかし、わしらのことを穿鑿《せんさく》したのではないか」

「そんなことはありませぬ」

「町方や伊達家家中の者に、わしらのことを話したりはしておらぬだろうな」

「話すも何も、わたしは何も知らないのです」

「ふむ……」

榊田は黙り込んで腰の後ろで手を組んだ。それから一間ほど歩いて、また戻ってきた。

「なぜ、逃げた？」

「……わたしをつかまえようとしたからです。見も知らぬ男たちにつけ狙われるように追われては、誰でもそうするはずです」

榊田は仲間を振り返ってから、小夜に顔を戻した。

「どうやら、やり方が悪かったようだ。怖がらせたのなら、わしが代わって謝る」

榊田は頭を下げた。

「……わたしは危うく殺されそうになったのですよ」

「なに」

「桑折へ逃げたとき……そこにいる人に斬られそうになったのです」

小夜は間部という男を指さした。

「面倒だ、斬れといわれたのです」

「先生、誤解しないでください。われわれの秘密が漏れたと思ったのです」

間部が慌てたように弁解した。榊田はその間部を、静かに見つめて小さなため息をついた。砂を洗う波音が間断なくつづいている。

「……桑折でそなたに手を貸した者がいるそうだな。その男にどんなことを話した？」

「先ほども申したように、わたしはあなたたちのことは何も知らないのです。あの方は親切にも宿を取ってくださいましたが、わたしはこの人たちに追われていることと、兄を捜していることしか話していません。いったいどうしてこんな目にあわなければならないのです」

「そうであれば、誤解していたことになる。われわれはいま、大事な時を迎えている。へたに嗅ぎまわられては困るのだ。だから用心をしたにすぎない。しかし、こうなったからには、小夜殿にもわれわれの仕事を手伝ってもらうしかないようだ。男ばかりで、ちょうど女手もほしいと思っていたところだ。どうだ三沢、妹殿をわれわれの仲間に迎えるというのは……」

榊田が養助に訊ねるのを、小夜が慌てて遮る。

「お待ちください。勝手に仲間にするといわれても、わたしにはその気もなければ、あなたたちが何をしようとしているのかもわからぬのです。誤解が解けたのなら、さっさと帰してください」

「そういうわけにはいかぬ」

榊田が強い口調でいった。

「小夜殿はわしの仲間を知ってしまった。ここにいる者たちのことは、目的を果たすまでは伏せておかねばならない」

「では、帰さぬといわれるのですか？」

強い目で榊田を見た小夜は、ここにきて腹が据わっている自分に気づいた。

「いますぐ帰すわけにはいかぬ」

「ならばいつ帰してくれるというのです。兄上、いったいどういうことなのですか」

「いったではないか。この国を救うのだと」

「わしが話そう」

榊田が遮ってつづけた。

「小夜殿は聞き及んでおられるかどうかわからぬが、幕府は亜米利加や露西亜という外国に開国を迫られている。幕府が開国に応じるのはやぶさかではない。しかし、不用意に幕府が外国の要求に応じるとなると、いささか問題がある。幕府は外国のことをあまりにも知らなさすぎる。亜米利加や露西亜、あるいは阿蘭陀《おらんだ》や英吉利《えげれす》などは、この国の想像もつかない力を持っている。いま、鎖国をやめ、国を開いてしまえば、たちまちそれらの国に押さえられ、その支配に下ってしまうだろう。日本の諸国は幕府によって統一されているように思えるが、じつはそうではない。諸藩が幕府のために結束することなど、おそらくないはずだ」

「なぜ、そんなことを……」

「諸藩には諸藩の考えがある。表向きは幕府にしたがっているが、もし外国が強力な武力で攻撃をしてきたら、この国はたちまち制圧されてしまうだろう。いま、それを許してはならない。開国をする前に、日本という国は諸藩の垣根を取り払い、真の意味でひとつの国家を作らなければならない」

「あなたは、そうしようとしているのですか……」

「いかにも。大真面目で取り組んでいる。日本を救うためにはたらいておるのだ」

　小夜は榊田の背後にいる仲間をひと眺めした。

「たったこれだけの人数で、そんなことをしようと思っているのですか」

「できるから、そうしているのだ。もちろん、仲間は増やしてゆく」

「わたしにはよくわかりませんが、本当に日本を救おうとしているのなら、藩や幕府に頼めばよいではありませんか」

「藩や幕府の重臣は目が開いておらぬ。ただ頑固なだけで、異国の要求におろおろしている腰抜けばかりだ。大分暗くなってきた、つづきは飯を食いながらしよう」

榊田は星空を仰いで、崖の上にある小屋のほうに歩いていった。

五

仙台城下に着いたのは、夜四つ（午後十時）近い時刻だった。

駆けるようにして戻ってきた隼人は、全身汗まみれであった。閑散としている通町通りを陸前屋の近くまでやってきて、しばらく様子をみたが、長次郎は現れない。念のために裏通りにも足を運んで長次郎を待った。しかし、陸前屋を見張っているはずの長次郎の接触はない。とうに店を閉めている陸前屋は静かだ。時刻が時刻なので、長次郎は旅籠に帰っているのかもしれない。そう思った隼人は、三浦屋に戻ることにした。

遅い帰りに旅籠の番頭は驚いたが、

「お連れの方が部屋でお待ちですよ」

という。

隼人は茶漬けでもなんでもいいから、部屋に運んでくれといって二階の客間にあがった。長次郎はのんびり酒を飲んでいた。

「やっとお帰りですか。どうなったのかと心配していたんです」

「心配していたわりには、のんきなものではないか」

隼人はどっかりと腰をおろして、あぐらをかいた。汗をぬぐい、大きく息を吐く。

「それで、どうなりました？　うまく尾《つ》けることができましたか？」

「上首尾だ。それより、陸前屋のほうはどうなのだ？」

「それです」

長次郎はぱちんと自分の膝をたたいて、言葉を継いだ。

「日が暮れる前まで辛抱《しんぼう》強く見張っていたんですが、とくに変わったようなことはありません。それで面倒になったので、出かける陸前屋のあとを尾けて、途中で締めあげたんです」

「なんだと……」

羽織を脱いだ隼人は長次郎をにらんだ。

「まあ、聞いてください。陸前屋は榊田監物のことをよく知らないようです。ときどき、二階の座敷を貸しただけだとぬかします。なんでも二階に榊田の同志だという者がやってきては、真面目くさった顔で話し合いをしていたそうですが、陸前屋の主も奉公人もどんな集まりなのか、どんな話をしていたのかまったく知らないというんです。榊田たちも、集まりがあるときには、店の者を二階にあげなかったといいます」

「ふむ、陸前屋は榊田らとつるんでいるわけではないのか」

前田銑十郎も同じようなことをいっていた。

「金をもらって部屋を貸しただけというのが、陸前屋のいい分です。つまり、金をもらって見ざる聞かざる言わざるになっていたというわけです。それに、今日をかぎりに陸前屋は榊田らとの縁が切れたといいます」

「どういうことだ？」

「なんでも榊田たちからの申し出で、いろいろ世話になったと挨拶にきたそうで……。挨拶にきたのは、不知火さんが尾けて行ったやつらのようです」

「陸前屋に適当に誤魔化されたのではあるまいな」

「そうは思えませんが、気になるんでしたら明日、もう一度陸前屋に行って問い詰めてみますか……」

「いや、もういいだろう」

　そのとき階段に足音がして、女中が茶漬けを運んできた。

　隼人は黙々と茶漬けをかき込み、麦湯を飲みほした。やっと一息ついたが、長次郎にはいってやらねばならぬことがある。

「気持ちいいほどの食いっぷりですね」

　感心そうにいう長次郎を、隼人は口をぬぐいながらにらみ据えた。

「……ど、どうしたんです？」

「きさま、おれに嘘をついておらぬか……」

「嘘……。どういうことです」

「とぼけるな。きさま、仙台屋とかいう薬種問屋の使いだとぬかしたな」

「へえ……」

　長次郎の視線が泳いだ。宙に浮かしていた盃を盆に戻す。

「おれはやつらを尾けた先で、前田銑十郎に会った」

「えッ！」

「きさま、桑折代官所の手付、竹垣惣右衛門の雇われ者ではないか。なぜ嘘をついた？」

　長次郎は顔をこわばらせてうつむくやいなや、がばりと手をつき畳に額をつけた。

「申しわけありませんで……。じつは竹垣さまに、不知火さんのことを探るように申しつけられていたのです」

「竹垣殿に……なぜ、そんなことを？」

「竹垣さまは疑り深い人です。ひょっとすると、公儀を騙《かた》って代官所に探りを入れてきた浪士ではないかと思われたのです。申しわけありませんで……」

ははあと、長次郎は上げた頭を、また下げた。

「おれを不逞《ふてい》の輩《やから》だと思ったのか？」

「近ごろ、あれやこれやと難癖をつけてくる浪士がいます。ですから、その用心のためだったんでございます」

「嘘に嘘を重ねているのではあるまいな」

「いえ、決してそのようなことはありません。ですから、どうかご勘弁を。このとおりでございます」

隼人は大きなため息をついた。

「見くびられたものだ。おれのことをまだ疑っているのか……」

隼人はそういって、振り分け荷物に目を向けて、手を伸ばした。一方の葛籠《つづら》の蓋を開けて、短筒をたしかめた。

「見たな」

と、長次郎をにらんだ。

「申しわけありません。見ただけです。でも、なぜそんなものを……」

「おまえにはどうでもいいことだ」

「ほんとに前田さんに会われたのですか？」

「会ったさ。だからきさまのことがわかった。だが、こうなったらどうする？　きさまはおれに手を貸すといったが、あれも方便だったか」

「いえ、それは嘘ではありません。お詫びのしるしといえば変ですが、なんでもお申しつけください」

隼人は相手の腹のなかを探るように長次郎を凝視した。

燭台の芯《しん》が、ジジッと音を立てた。

「ならば、明日おれといっしょに塩竈に向かうのだ」

六

夜も明けやらぬ朝まだき。街道には絹《きぬ》のような靄《もや》が立ち込めていた。町屋はまだ寝静まっており、東の空にうっすらと赤みがにじんでいる。

閑散とした通りに人の姿は見られず、路地から一匹の痩せ犬が現れ、先を急ぐように歩く隼人と長次郎の姿を見て、往還を渡り反対側の路地に消えていった。

隼人が前田銑十郎と待ち合わせをしているのは、塩竈にある高札場《こうさつば》の前だった。

旅籠を出て一里ほどで原町《はらのまち》に辿りついた。すでに朝日があたりを染め、二人の影が濃くなっていた。通りには小店が並んでいるが、仙台藩の米蔵や材木蔵が設けられている。蔵の海鼠壁《なまこかべ》が朝日に照り映えていた。

「馬だ」

隼人は長次郎にいいつけた。

「かしこまりました」

指図された長次郎があたりに視線をめぐらせる。通りには宿場の者たちに混じって、人夫や車力の姿がある。牛や馬を引いている者も少なくない。

小走りに駆けていった長次郎は、宿場の先で二頭の馬を調達した。運搬用の駄馬であったが、文句はいえない。

隼人と長次郎は馬を駆って、塩竈をめざした。宿場を外れ、稲田の広がる道を走る。朝日が照りつけてきたが、風を切っているのでさほど暑さは感じなかった。

燕沢《つばめさわ》から今市に入り馬の足をゆるめた。通りに人が多くなっているからだった。ここは足軽町《あしがるちよう》で侍の姿が目立った。町の北に茶屋町があり、長次郎が進路を右にとって、七北田川に架かる粗末な土橋を渡った。その先で道が二つに分かれ、長次郎が馬を止めてしばし迷う。

「どっちだ？」

隼人が苛立《いらだ》った声をあげると、

「右です。左は松島道です」

そう答えた長次郎が馬の腹を蹴った。

市川を過ぎると、道は幅二間もない狭さとなった。加えて上り坂である。馬は走るのに慣れていないらしく、早くも荒い息をするようになった。

陸奥総社宮《むつそうじやぐう》の門前を駆け抜け、曲がりくねった道を辿って大日向《おおひなた》をすぎる。道案内に立つ長次郎がもうすぐですと、隼人を振り返る。

「やはり馬は早いし、楽ですね」

昨夜、しょぼくれてさかんに頭を下げていた長次郎は、もうけろっとしている。それだけ図太いのだろうが、隼人もあっさりした性格なので、いまは力を合わせて一国党を率いる榊田監物の奸計《かんけい》を暴き、いかにして小夜を助け出すかということしか頭になかった。

狭い道を抜けてゆくと、やがて鳥居原《とりいばら》というところに出た。ここには市が立つらしいが、その様子はなかった。

「馬はどうします？」

「置いてゆく」

馬に乗ったままでは目立ちすぎる。

隼人は馬を降りると、尻をたたいて来た道に追いやった。馬はわけがわからず、しばらく行ったところで立ち止まったが、あきらめたように街道を後戻りしていった。

二人はそのままだらだらとした坂を下りて代官所を見つけた。隼人は、ふと思うことがあった。榊田監物は何人の仲間とつるんでいるかわからない。いざとなれば、代官所の手を借りてもよいかもしれない。しかし、それはあとのことである。

坂下にある塩竈神社の門前に辿りついた。境内につづく七曲坂《ななまがりざか》の参道が深緑の樹木に覆われている。

「高札場はどこだ？」

「船着場のほうです」

長次郎は土地のことをよく知っていた。松島に遊覧に来たことが何度もあると、聞かれもしないのにしゃべる。

眼下に埋め立てて整備された港が見えた。その先の海には大小の島々が広がっていた。松島である。藍色《あいいろ》の海に、白く切り立った崖を持つ島々、さらに島をおおう松の青さが際立っている。

坂道に沿って門前町がつらなっていた。人の姿は増えたが、のどかな港町だ。しかし、夜ともなれば違う顔を見せる町でもある。仙台城下には廓《くるわ》がないために、この塩竈に遊女宿が多数あるのだ。長次郎が嬉しそうに話す。

「用が片づいたら、不知火さんも遊んでいかれますか……」

へへ、と長次郎は下卑《げび》た笑いをする。

「その前にやることがある」

「もっともなことで……」

町の者は隼人と長次郎を見ても、別にめずらしがりはしなかった。漁師やその女房たちが浜で仕事をしていた。船着場には大小の舟があるが、数はそう多くない。

前田銑十郎と待ち合わせした高札場はすぐに見つかった。

立ち止まって周囲の景色を見わたす。空には鳶が舞い、船着場のあたりでは鷗《かもめ》が鳴き騒いでいる。港は細長い入江となって門前町のほうへ深く入っている。海沿いの崖や高台に生えている松が、風光明媚《ふうこうめいび》な港町に趣《おもむき》を添えていた。

「早かったではないか」

不意に、背後から現れた前田銑十郎が声をかけてきた。そのまま長次郎をまぶしそうに見て、

「長次郎、久しぶりだな」

と声をかけた。

「前田さんも……。不知火さんから聞いて、どうなさったのかと心配していたのです」

「それはすまなんだ。いろいろとやることがあってな」

「やつらのことは？」

隼人は銑十郎に一歩近づいて聞いた。

「うむ、様子を見ているところだ。それで、連れてきたのは長次郎だけか？」

鉄十郎は隼人の背後に目を向けた。

「他に助を頼むものもおらぬからな」

「よかろう。ついてまいれ」

鉄十郎はそのまま船着場を離れて、海沿いの細い道に分け入った。人ひとりがやっと通れるほどの細い道で、岸壁に打ち寄せる波飛沫《なみしぶき》が風に運ばれてきた。しばらく行くと、砂浜があった。その先に小さな岬がある。岬の裏にも小径《こみち》が見える。

「やつらは町にいるのではないのか？」

隼人が鉄十郎に声をかけたそのとき、周囲に人の気配がした。さっと山のほうに目を向けると、五、六人の男たちが立っていた。隼人は足を止めて、凝然《ぎょうぜん》となった。現れた男たちがこちらに弓を向けていたからだった。鈍い光を放つ鏃《やじり》の切っ先は、ぴたりと隼人と長次郎の胸に狙い定められていた。

息を呑み、地蔵のように体を固めていると、鉄十郎のそばに新たな男たちが現れた。

「前田さん」

隼人が声をかけると、銃十郎がゆっくり振り返った。その口の端に、人をいたぶるような笑みが浮かんでいた。

「不知火、長次郎。動くんじゃない。動けば、おぬしらは命を落とすことになる」

「なんだと……」

隼人は刀の柄に手をかけたまま銃十郎をにらんだ。

「まんまと罠《わな》にかかってくれた」

「きさま、榊田の仲間だったのか……」

「まあ、悪く思うな。こいつらを取り押さえろ」

銃十郎の指図で、男たちが駆け寄ってきて、隼人と長次郎の腕をつかんで押さえた。

第六章　千石船《せんごくぶね》

一

「兄上、わたしには兄上が血迷っているとしか思えませぬ」

　小夜は気丈な目を養助に向けた。

「……おまえはわからぬだけだ。先生は器量の大きな方だ。小事にこだわっていては大事を成就《じょうじゅ》することはできぬ」

「大事というのは、黒船に攻撃をかけることですか」

「それは手はじめにすぎぬ。だが、黒船攻撃はなんとしてでも成功させなければならぬ。それがこの日本を救う糸口になるのだ」

　小夜は大きなため息をついた。

　そこは昨日監禁された小屋ではなかった。もう少し離れた丘に建つ漁師が使っていた家だった。居間には自在鉤《じざいかぎ》が天井から吊るされていて、囲炉裏《いろり》には五徳《ごとく》に鉄瓶《てつびん》が載せられていた。鉄瓶から湯気が立ち昇っている。

縁側の向こうに松島が見える。銀鼠色《ぎんねずいろ》の海には漁師たちの帆掛け舟《ほかけぶね》が幾艘も浮かんでいる。潮騒《しおさい》の音とともに、爽《さわ》やかな海風が家のなかに吹き込んでいた。

「……帰してください。わたしは帰りたい」

小夜は叫ぶようにいって目の縁を赤くした。養助が静かに振り返って、憐憫《れんびん》を込めた目で見つめてきた。

「いま、帰すことはできぬ」

「では、いつになったら帰してくれるのです」

養助は黙り込んだまま返事をしなかった。

「兄上がどんなにわたしを諭《さと》そうとしても、わからないものはわかりません。兄上は惑わされているだけです。榊田さんのいうことはもっともらしく聞こえますが、公儀の怒りを買うのがおちです。どうやって諸藩の考えをひとつにするというのです」

「だから、それは何度も話していることではないかッ」

「わたしには関係ないことです。兄上がそうしたければ勝手にすればよいのです。わたしはそんな途方もない考えにしたがう気はありません。帰ります」

小夜は床を蹴るようにして立ちあがったが、すぐに腕をつかまれて引き倒された。

「うッ……」

腰骨を思いきり床に打ちつけてうめいた。

小夜はそのまま養助を恨みがましくにらんだ。

「わたしたちの計画を知ったおまえを帰すことはできぬのだ」

「ならば、いつ帰してくれるのです？」

「それは……来年を待たねばならぬ」

「こんなうら寂しい粗末な家に、半年以上も留まれというのですか」

「計画が漏れないためだ」

「それならば、わたしは口をつぐんでおります。誰にも兄上たちの計画は口にしません」

「わたしは信じてもよいが、先生は首を縦に振ってはくださらないだろう」

「では直接、榊田さんに話します」

「無駄だ」

吐き捨てた養助はそのまま腰をあげて、土間に下りた。

「萬助《まんすけ》、妹を頼む。わたしは舟を見に行く」

養助は萬助という若者にいいつけて、戸口に向かった。

「兄上ッ！」

小夜の声に、養助が振り返った。

「小夜、おまえにもわかるときがくる。……おとなしくしておれ」

そのまま養助は家を出ていった。

たったひとりの身内に突き放された小夜は、がっくり肩を落とした。あんな兄など捜さなければよかったと、いまさらながらに後悔した。

「小夜さん、われわれは何も悪事をなしているわけではないのです。そう嘆かれるようなことではないと思うのですが……」

見張りについている萬助という男が、声をかけてきた。

「あなたに何がわかるというのです」

小夜はゆっくり顔をあげて萬助を見た。

「ええ。だから、先生についているのです」

「榊田さんはそんなに素晴らしい人ですか？」

「先生の考えは間違っていませんよ。国を変えるためには、先生のような方がいなければならぬのです。よく考えてください。わたしたちは藩の決めごとにしたがって、いわれるまま昔からのことを守って生きてきました。それは幕府のしきたりでもあります。百姓の家に生まれれば、一生百姓です。武家に生まれたとしても、足軽であれば一生足軽に甘んじなければなりません。しかし、西洋では違うといいます。鍛冶《かじ》職人であっても、当人の努力や才覚次第で一国の重臣に出世が叶うと申します。生まれがどうであろうと分《わ》け隔《へだ》てのない世の中こそが、人の生きるべき場所ではありませんか」

「その西洋に、あなたは盾突こうとしているのではありませんか」

「国をまとめるひとつの手段です。相手の国を滅ぼすのではありません。軍艦一隻沈めたところで、外国にとっては蚊に刺された程度のことでしょう」

「それでも外国は、こぞって反撃をしてくるといっているではありませんか」

「それは、あくまでも推量です。反撃されたとしても、われわれの目的は果たすことができます」

小夜は真面目な顔でいう萬助を見つめた。見張りはこの男ひとりである。隙をついて逃げることができるかもしれないと思った。そうだ、萬助が厠《かわや》にでも行ったときに……。だが、そのときは待てない。見張りはきっと増える。だったら、いまがその好機ではないかと思った。

萬助は華奢《きやしや》で小柄である。追われたとしても振り切ることができそうだ。

「……萬助さん、厠に行ってきます」

小夜は断って土間に下りた。厠は家の裏にあった。勝手口からまわりこんで厠の近くに行って、あたりを見まわした。海側には逃げられない。逃げるとすれば、三間ほどある斜面を登るしかない。

小夜は一度振り返ってから、厠の裏にまわり、山側の斜面に張りつくようにして登りはじめた。さいわい、木の枝が伸びているので、それをつかんで登ることができた。途中ではいていた草履が落ちた。かまわずに裸足《はだし》で登りつづける。萬助がやってくる様子はなかったが、ようやく登りきろうとしたときに、見つかってしまった。

小夜は斜面の上の平らなところに体を引きあげると、奥の森につづく小径を駆けた。

「待て！」

声に振り返ると、萬助がすぐそばに迫っていた。なんと身の軽い男だろうかと驚いたが、捕まるわけにはいかなかった。息を切らし藪《やぶ》をかきわけて、逃げ道を捜しながら必死に駆けた。

だが、萬助の足は速く、小夜は大木のそばで後ろ襟をつかまれて、そのまま引き倒された。二人の体が折り重なって熊笹《くまざさ》の藪が音を立てた。

「無茶をするな」

小夜は仰向けにされて、萬助をあおぎ見た。刹那、萬助の右手が腰に伸び、さっと光るものが振りあげられ、振り下ろされた。小夜は驚愕に目を瞠《みは》った。

悲鳴をあげようとした瞬間、喉に冷たい刃があてがわれた。

「逃げようとしても無駄だ」

つぶやくように声を漏らした萬助は、ハアハアと荒い息をした。小夜は息を呑んだまま、体を硬直させていた。

二

「やめろ！　勘弁してくれ！」

悲痛な長次郎の叫び声は、浜辺を疾駆《しっく》する馬の足音と、打ち寄せる波音にかき消されていた。隼人は両膝をつき、後ろ手に縛られたまま、先ほどから浜辺を引きずられる長次郎を見ているしかなかった。

長次郎は馬につながれた太い荒縄で引きずられているのだった。馬はそんな拷問など気にかける様子もなく、浜辺を怒濤《どとう》の勢いで駆けつづけている。

「……や、やめてくれ」

長次郎はその声を発すると同時に、気を失ったのか、体をだらりと伸ばした。首に力が入っていないのがわかる。

「殺す気か……」

隼人はそばに立つ銑十郎をにらみあげた。

「殺しはしない」

銑十郎は隼人に目もやらず、数間歩いてから馬を操《あやつ》る男に声をかけた。

「よし、やめろ。その辺でいい。こっちに来るんだ」

命令を受けた男は、手綱《たづな》を絞って馬を止めた。それから馬の首をまわし、銑十郎のほうにやってきた。ずるずると引っ張られる長次郎はぐったりしている。

「放してやれ」

銑十郎の指図で、二人の男が長次郎の手首の縛《いまし》めをほどいた。それでも長次郎は気を失ったままだった。

「つぎは、きさまだ」

鉄十郎が隼人を振り返った。楽しそうな笑みを片頬に浮かべて、仲間に顎をしゃくった。隼人は二人の男に両脇を抱え持たれて立たされると、馬につながれている一方の荒縄で手首をしっかり結ばれた。

「こんなことをして何になるというのだ」

隼人は鉄十郎を焼き殺さんばかりの鋭い眼光でにらんだ。

「意気がっているのもいまのうちだ。さ、はじめろ」

隼人にはかまわず鉄十郎が、馬にまたがっている男に静かに命令すると、馬が浜辺に向かってゆっくり駆けだした。引きずられまいと、隼人も自然と走ることになる。だが、馬が一気に駆けはじめると、隼人はついていくことができなくなった。足がもつれると同時に、両腕が前に伸びてあっさり引きずられてしまった。

馬は砂浜を駆け、ついで波打ち際を疾駆した。容赦ない走りだ。打ち寄せる波で隼人の体はあっという間に水浸しになった。馬の後ろ脚に弾かれた砂礫《されき》が顔にあたって痛い。口を開けると、潮水とともに砂が入ってきた。膝や腰の皮膚が剝《む》け、潮水がしみてひりつく。肘《ひじ》や肩の関節が外れそうだ。

馬は浜辺を二町（二一八メートル）ほど走ると、そこで首をまわして逆方向に走りだす。息をつけたのは一瞬のことで、また襤褸雑巾《ぼろぞうきん》のように引きずられる。歯を食いしばって耐えているうちに、頭が朦朧《もうろう》としてきた。潮水を飲むまいと我慢していたが、それも長くはなかった。苦しさから逃れようと開けた口に、いやおうなく砂まじりの潮水が入ってくる。潮水で目が痛くなり、開けていられない。

さすがに長次郎のように叫び声はあげなかったが、だんだん体に力を入れることができなくなった。あとは引きずられるだけだ。体は丸太のように上を向いたり、横になったり、下を向いたりした。

そのうち痛みが鈍磨《どんま》し、くらくらする頭から意識が遠のき、すべてが闇に包まれてしまった。気がついたときには、砂浜に仰向けで倒れていた。

頬をはたかれて、目を開けることができたが、体に力が入らなかった。

「連れてゆけ。そいつらとはあとで、ゆっくり話をする」

銑十郎の声がどこか遠くに聞こえた。

隼人は両腕をつかまれると、長次郎とともにそのまま近くの小屋に運び込まれた。土間に莚《むしろ》を敷いただけの粗末な小屋で、板壁の隙間から日の光が一条《ひとすじ》となって射し込んでいた。

頭は朦朧としたままだった。目をうつろに開けて、何度も深く息をした。同じことを繰り返しているうちに、どうにか目の焦点が定まるようになった。頭も徐々にはっきりしてきた。後ろ手に縛られている体を、ゆっくり動かして横にした。

そばに長次郎が、荒い息をして横たわっていた。

「おい、大丈夫か……」

声をかけると、長次郎が首を動かして隼人に目を向けた。その両目に涙がにじんでいた。

「しっかりしろ」

長次郎はか弱くうなずき、

「水が飲みたい。喉が……」

と、かすれた声を漏らした。隼人も喉が渇ききっていた。

三

塩竈から海岸沿いに東に進むと、でこぼこした入江を持つ七ヶ浜《しちがはま》がある。さらに海岸を辿ってゆくと、多聞山《たもんざん》を背にした代ヶ崎《よがさき》という岬のある浜に行きあたる。

その岬の沖に、馬放島《まはなしじま》という無人島があった。塩竈神社の老いた神馬《しんめ》が放たれたことにちなんで、名づけられたという。島の周囲は半里四町ほどである。榊田監物は朝からその島で船を待っていた。約束の刻限はとうにすぎているが、船影も見えない。

「先生、何かあったのでございましょうか……」

榊田のそばについている木谷勇蔵《きたにゆうぞう》が待ちくたびれた声を漏らした。榊田がひそかに立ちあげた一国党の番頭役だった。

「出港が遅れているのかもしれぬ」

榊田はそばの岩に腰をおろした。まわりには十数人の同志がいた。浜辺には七ヶ浜から乗りつけた五艘の舟が舫ってあった。

「木谷、小屋のほうは片づいておるのだろうな」

「昨日のうちにすませています。それに新しい蔵もできましたので、問題はないはずです」

「……見ておこう」

榊田は立ちあがって、島の奥に向かった。

火薬や火縄《ひなわじゅう》銃などの武器を貯蔵する小屋まで、一間幅の道がつづいている。

皆で汗を流して開削《かいさく》した道だった。二町ほど行った松林のなかに、小屋はあった。林の中なので、強い風が吹いたとしても小屋が倒れる心配はなかった。幅二間、奥行三間の頑丈《がんじょう》な造りだった。無人島の小屋ではあるが、屋根は瓦葺《かわらぶ》きになっていた。

木谷のいう蔵は、その小屋からほどないところにあった。洞窟《どうくつ》を丸太で補強したものだ。入口は狭いが、奥行は四間ほどある。奥に行くほど狭くなり、天井も低くなるが、天然の岩盤でできていて、とても崩れそうにない。

「これはいいところを見つけたものだ」

「他にもこんな洞窟がないか探してみましたが、あったとしても潮水の入る穴ばかりです。いい具合に見つけられたのも、天がわれらに味方してくれているからでしょう」

勇蔵は満足そうにいう。

「天に見放されたらおしまいだ」

蔵をあとにした榊田は、高台に行って周囲の海を眺めたが、待っている船は見えない。燦々《さんさん》とした午後の日射しを受けて輝く海が、渺々《びょうびょう》と広がっているだけだ。

榊田が浜に戻ると、三沢養助と長沼六之助がやってきたばかりだった。

「妹は小夜と申したな。なかなか聡明な女であると見たが、その後わかってくれたか」

榊田はそばにやってきた三沢養助に訊ねた。

「まだ納得がいかぬようです」

「さようか……。だが、慌てることはない。諄々《じゅんじゅん》と諭してゆけばわかってくれるはずだ。われらの考えは、わからぬ者には途方もないことでしかない。しかし、世の流れを変えるのは、途方もないことができるかできないかにかかっている。それは歴史が物語っていることでもある。わしからもゆっくり話すことにしよう」

「わたしの話すことにはなかなか耳を貸してくれませぬゆえ、先生から話していただくのが一番でございます」

「うむ」

うなずいた榊田は、長沼六之助に顔を向けた。

「昨夜、前田銑十郎がいっていた男はどうなっている？」

「はッ、うまく捕まえることができました。あとのことは前田さんにまかせてあります」

「公儀の使いらしいから、これで幕府の考えを聞きだせるだろう。……楽しみになってきた」

「先生、あれを……」

榊田の用心棒を務める最上主税が沖合を指さした。全員がそちらに目を向けた。

帆をいっぱいに張った千石船が見えた。

「やっと、来ましたね」

勇蔵がふっくらした頰に笑みを浮かべてつぶやいた。榊田も目を細めて表情をゆるめた。

四

丘の上にある元漁師の家に連れ戻された小夜は、無闇に逆らわないことにした。ここからは簡単に逃げることができないということを、悟ったからである。

林のなかで萬助に引き倒されたと思ったら、すぐに他の仲間たちも駆けつけてきたのだ。しかし、萬助の小夜に対する態度に変化があった。目つきも最前よりやさしげになった。

小夜はその変化がすぐにはわからなかったが、はたと思いあたることがあった。萬助に引き倒されたとき、小夜の胸のふくらみに触れた萬助の顔が紅潮したのだ。それは一瞬のことだったが、いまも見張りについている萬助は、気づかれないように小夜の体を盗み見るようになった。

だが、女の小夜は敏感である。萬助のその視線にはとうに気づいていた。

「もう、逃げるのはやめることにしたわ」

小夜は壁に背を預けたまま、ぽつりといった。茶を飲んでいた萬助が顔をあげて、目をしばたたいた。小夜は萬助を味方にしようと考えた。そうすれば、逃げることができるかもしれない。

「あなたはなぜ、榊田さんの仲間になったの?」

「……それは、先生の考えにいたく感心したからだ」

「どんなところに……」

小夜は壁から背を離して、膝を崩した。白い脹《ふく》ら脛《はぎ》が裾からのぞき、射し込んでくる日の光にさらされた。それを見た萬助が狼狽《うろた》えるのがわかった。

「国を作るのは人であると先生は説《と》かれる。人とは武士だけではない。百姓も商人も職人もみな公平に扱われ、そのなかですぐれた人材を選《よ》りすぐって政《まつりごと》に参加させて、一国を作るべきだといわれる。いまの世の中は武家によって、何もかもが決められている。それは間違いなのだ。百姓や商人にも考えがある。その考えを受け入れて国をよりよいものにしなければならない」

「……そうかもしれないわね」

小夜にもなんとなくわかる気がする。

「そうでなければならないのだ。それに見聞《けんぶん》を広めるためには、異国の考え方や異国の進んだものを取り入れるべきなのだ。幕府は長い間、鎖国をして異国のことを何も知らずにやってきた。国を守るためには、異国のことをよく知らなければならない」

「あなたは知っているの？」

「先生からいろんな話を聞くのでな」

「でも、異国の考えを取り入れるといっておきながら、あなたたちは黒船を襲おうとしているのではないの……」

「諸国をひとつにまとめるためには、どうしてもやらなければならないのだ。幕府頼みでは決してうまくゆかぬはずだ」

「そうなのですか」

小夜は折れてみせた。ここで反論しても話は聞きだせない。理解を示せば、きっと自分の知らないことを教えてくれるだろうと思った。

「榊田さんは、諸藩の垣根を取り払って、幕府を解体しなければならないといわれましたが、そのあとはどうなるのでしょう?」

「国の政《まつりごと》をこれまでの武家だけで取り仕切るのではなく、百姓や町人からも取り立てて、真の意味でみな公平な暮らしのできる社会にする。もちろん、他にもいろいろあるが、わかりやすくいえばそういうことだ」

「もし、あなたたちの計画が思いどおりにゆけば、あなたもその政に参加するということと……」

「できればそうしたい。わたしは足軽の倅《せがれ》だが、仕官できぬままだ。長男は仕官できるが、次男三男は家督を継ぐことも、職に就くこともできぬ。皆、甘んじて受け入れてきたが、考えてみればおかしなことだ。早く生まれた子は恵まれ、遅く生まれた子にはなんの得もない。つまり、おぎゃあと生まれたときに、人生が決まるようなものではないか。まったくもって不公平ではないか」

「たしかに……」

小夜はひょっとすると、榊田の考えは正しいのかもしれないと思った。

「先生はいずれ、女も政に参画できる世の中にしなければならないとおっしゃる」

「女も……」

「そうだ、国を動かすのは何も男だけと決めることはない、と。それを聞いたとき、また目の覚める思いがした。先生の考えは深い」

萬助はいたく感慨深い顔でいう。

「でも、多くの人たちにその意をわかってもらわなければ、難しいのではありませんか」

「先生にはちゃんとその考えがある」

「黒船を襲わなければできないことかしら……」

「藩は先生の考えを取り下げて処罰をした。幕府に訴えても、おそらく受け入れてもらえないはずだ。浪士が動くことで、幕府だけでなく諸国の大名たちがひとつの考えを持つようになれば、目的は果たせる。だが、諸藩も黒船が来たことで、攘夷か開国かと揺れ動いていると聞く。ここで一押しすれば、はっきりとした道筋ができるはずだ」

「その一押しが黒船を襲うこととなのですね」

「黒船は幕府の出方次第で、攻撃してくるかもしれぬのだ」

そのとき、表から、「船が来たぞ」という声がした。

小夜と萬助は同時に海のほうに目を向け、縁側に立った。

東の海に千石船が見えた。馬放島のそばである。千石船のそばにつけられた小舟に、大きな荷が下ろされていた。

「いつ計画は行われるのかしら」

小夜がつぶやくと、萬助が顔を振り向けた。

「来年になるはずだ」

「それはどこで……」

「浦賀だ」

小夜は小首をかしげた。浦賀というのがどこにあるのかわからない。

「すべてが調《ととの》えば、われらは浦賀に向かう」

「そこに黒船が来るのかしら……」

「そうだ」

五

小屋の板壁から射し込む光の条《すじ》の位置が変わっていた。おそらくそこに放り込まれてから、一刻《いっとき》（二時間）はたっているはずだ。

隼人は先ほどから必死に後ろ手にされた縛めをほどこうとしていたが、きつく縛られた縄はいっこうにゆるまなかった。長次郎も同じことをやっているが、埒《らち》が明かないようだ。

「どうだ。ほどけそうか……」

「さっぱりです」

長次郎は疲れたように、大きく息を吐いて横になった。

「やつらは何をしてるんだ？」

「さあ、あっしに聞かれても……」

隼人は立ちあがって、引き戸のそばに立った。後ろ手に縛られているだけで、歩くことはできた。戸の隙間に目をあてて、外の様子を窺うが人の姿はない。

「おい、誰かおらぬか！」

大声をあげてみたが、なんの返事もない。幾度もやったように、戸板に体当たりしたが、やはり戸を破ることはできない。粗末な小屋のわりに板壁は厚く、戸口の戸板も頑丈だった。

刀も脇差も取りあげられていた。落とさぬように、帯にたくし込んで懐に入れていた短筒も同じである。

「浅井、何かよい知恵はないか。このままでは何をされるかわからぬぞ」

「あっさり殺すようなことはしないと思いますが……」

「殺されてなるものか」

隼人は吐き捨ててどっかりあぐらをかいた。

「しかし、どういうことなんでしょう？　前田はなぜあっしらをこんな目にあわせるんです」

長次郎は銑十郎を呼び捨てていう。

「……おそらくおれたちを服従させるためだろう。前田は榊田らを見張り、様子を見ているようなことをいったが、あれはおれを信用させるためだったのだ。あやつ、榊田の考えに感化されて、幕府を裏切ったのだ。そうとしか思えぬ」

「しかし、榊田の狙いはなんなのでしょう……」

「やつは藩から蟄居《ちっきょ》の処罰を受けている身だ。海防の急務を訴えてのことらしいが、それに関わることだろう。しかし、真の狙いはわからぬ。そんなことより、ここからどうにかして出なければならぬ」

「……喉が渇いてたまりません」

隼人も水がほしくてしかたなかった。

「やつらが来るのを待つしかないか……」

つぶやくようにいった隼人は、壁の一点を凝視した。海から吹いてくる風の音と、鳥の鳴き声が聞こえる。

じっとしているうちに、漏れ射す光の条がゆっくり位置を変えてゆく。表に声がしたのは、それから小半刻ほどたってからだった。うつむいていた隼人は、さっと顔をあげた。足音は三つ。それが徐々に近づいてくる。

やがて戸の表に男たちが立ち止まった。心張棒《しんばりぼう》を外して、戸が引き開けられた。男たちの姿が現れると同時に、風が吹き込んできた。

「どうやら正気に戻ったようだな」

前田銑十郎だった。へらついた笑みを浮かべて、隼人と長次郎を見下ろしてくる。銑十郎のそばには、六尺（一八〇センチ）近い巨漢と糸のように目の細い男がついていた。

「水を飲ませてくれ」

隼人がいうと、銑十郎が顎をしゃくり、目の細い男が竹筒の水を飲ませてくれた。隼人と長次郎は喉を鳴らして、水を飲んだ。そのことで、人心地がつくことができた。

「おぬしらに聞きたいことがある」

銑十郎が小屋に入ってきた。

「聞きたければ、なんでも聞くがいい……」

「おぬしら、われらの仲間にならぬか？」

「仲間だと。どういう仲間だ？」

「同志になって戦うのだ」

「つまるところ榊田の同志になれということか……。ふん、よく知りもしない男の同志になれというのは、ちと虫がよすぎはしないか。それにしても前田、きさまよくもはめやがったな」

「不知火、懲《こ》りておらぬようだな」

「ふざけたことをぬかすな。礼はたっぷり返してやる」

「ほう、どうやって返すというのだ。ま、よいだろう。長次郎、おまえはどうだ？」

鉄十郎は隼人から長次郎に目を向けた。

「同志になる約束をしてくれるなら、いまこの場で自由にしてやる」

長次郎は一度隼人を見てから、鉄十郎に顔を戻した。

「同志になれば何かいいことでもあるってのか」

「ずいぶん強気だな」

「冗談じゃねえ。あんなにいたぶられたんだ」

「断ると申すか」

「断るもなにも、きさまらがいったい何を考えているのかわからぬのに、返事のしようもなかろう」

隼人が遮った。鉄十郎の目がすぐに向けられる。

「たしかにそうだろう。では教えてやる。泰平の眠りにあった幕府の目を覚ますのだ」

「なんだと……」

「簡単にいえば、幕府を倒して、この日本という国をひとつにまとめ直すということだ。詳しいことをいま話している暇はない。とにかく、考えておくのだ。あとで榊田先生からじっくり話をしてもらう」

「待て」

隼人は背を向けた銑十郎を呼び止めた。

「いったい何を企《たくら》んでいるのだ」

「……企むとは人聞きが悪い。だがまあ、あとで話す。大事な船が来たので、行かねばならぬのだ」

「船……」

銑十郎は隼人には答えずに小屋を出ていった。だが、今度は見張りをひとり、外に残した。六尺近い大男だ。

隼人は銑十郎の気配が消えると、長次郎にささやくようにいった。

「浅井、表にいる見張りを押さえる。手伝うのだ」

「どうやって……」

「おれたちは両手は使えないが、足の自由は利く。まあ、見ていろ」

隼人は大きく息を吸って吐き、表に声をかけた。

「おい、ちょっと頼みがある」

「なんだ？」

「もう少し水を飲ませてくれないか。さっきのでは足りぬのだ」

「…………」

見張りは躊躇った。

「水ぐらい飲ませてくれてもいいだろう」

「……妙な考えを起こしているのではあるまいな」

「手を使えないのだ。何ができるという」

「……わかった。水だけだ」

戸が開いて、見張りが入ってきた。あらためて見ても、大きな男だ。片手に水の入った竹筒を持ち、片手に抜いた脇差を持っていた。一度、隼人と長次郎を見下ろし、警戒しながら近づいてきた。

「座ったままでいろ」

男がもう一歩近づいた。隼人は尻を浮かし、両足の爪先で地を蹴る体勢を作った。男の足がもう一歩進んだとき、隼人は俊敏に前に跳《と》んだ。

六

一瞬のことに男は虚をつかれたが、隼人の体当たりをかろうじてかわし、脇差を横薙ぎに払った。しかし体勢が崩れ、脇差は空を切った。

ビュッ、と鋭い風切り音が隼人の耳をかすめるなか、右足を振りあげて男の太股を蹴った。男がよろけて片手をついた。瞬間、隼人は前蹴りを男の顎《あご》に炸裂《さくれつ》させた。

男は勢いあまって背後の壁にぶつかった。目を血走らせて形相を変え、隼人をにらんだと思うと、巨漢にしては素早い身のこなしで立ちあがり、剣先を伸ばしてきた。鋭い突きだったが、隼人は体を反転させてかわし、男の背後にまわって尻を思い切り蹴飛ばした。巨漢は頭を反対側の板壁にしたたかに打ちつけて振り返った。

隼人は右に飛んで板壁を蹴って宙に舞い、脇差を振りあげようとした男の右肩に膝を打ちつけた。男は背後に倒れてゴンと柱に頭を打ちつけ、脇差を落とした。

中腰になっていた長次郎が素早くその脇差を一方に蹴った。巨漢の目が、はっとなった。すかさず腰の刀を抜こうとしたが、隼人の足が男の金的を蹴りあげた。

「うっ……」

男は強い衝撃に息を詰まらせてうずくまりそうになったが、脂汗《あぶらあせ》を浮かべながらも必死に堪《こら》えて隼人に飛びかかってきた。

隼人は素早く避けようとしたが、足が滑ってしまい、丸太のような腕で首をつかまれた。そのまま仰向けに倒され、ギリギリと首を絞められた。凄まじい力で腕が使えず、絞められるままである。息が詰まり、頭に血が溜まってゆく。体をねじって抗《あらが》おうとするが、巨漢相手ではビクともしない。

意識が遠のきそうになったとき、急に体が軽くなった。男の体が横に転がっている。体当たりで男を突き飛ばした長次郎が、相手の頭や背中を激しく蹴りつづけていた。

不意討ちを食らった男は昏倒《こんとう》しているらしく、長次郎に蹴られっぱなしである。蹴りつづける長次郎は必死である。

隼人はくらくらする頭を振って立ちあがると、大きく息を吸って、大男の脇腹を思いきり蹴飛ばした。一回、二回、三回……。

長次郎も蹴りつづけている。

「長次郎、もういい」

隼人は荒い息をしながら長次郎を止めた。攻撃をやめた長次郎は、ハアハアと荒い息を吐いていた。滝の汗がしたたり落ちる。巨漢は白目を剝いて、気を失っていた。

「脇差だ」

隼人は男の落とした脇差を口にくわえると、長次郎の縛めを切ってやった。長次郎が自由になった両手をさすって、隼人の縛めを切った。

ようやく両手が使えるようになった隼人は、一度小屋の表に出て、榊田たちの仲間が来ないか様子を見たが、人の姿はなかった。

「こいつはどうします？」

長次郎が倒した巨漢を見下ろしながら聞く。

「身動きできないように縛るんだ」

小屋にあった荒縄で男の体をがんじがらめにした。手足を縛ったので動くことはできない。猿ぐつわを嚙ませる前に、男の頰をはたいて意識を取り戻させた。

男ははっと目を瞠ったが、隼人が喉に脇差の刃をあてがっているので、声を出せない。

「おれたちの刀はどこだ？」

「…………」

「答えろ」

皮膚に刃を強く押しあてた。

「し、下の浜だ。小屋にある」

「近いか？」

「この崖の下だ」

「おまえたちの仲間は何人いる？」

「……こんなことをして無事ですむと思ってるのか？」

「いいからいうんだ。いわなきゃここで死んでもらう」

隼人は脅しでないことを教えるために、男の喉を少し切った。じわりと血がにじんだ。男の顔から血の気が引いてゆくのがわかった。

「さ、三十人ぐらいだ」

「さっき、前田銑十郎が船といったが、どういうことだ？」

「大砲を積んできた船のことだ」

「大砲……」

「なんのための大砲だ？」

「……日本をひとつにまとめるためだ」

隼人はまなじりを凝らした。

「幕府頼みでは、日本は外国のいいなりになるだけだ。それればかりか、外国に支配される恐れがある」

「何をいってるんだ」

「おぬしらにはわからぬだろうが、おれたち同志は日本を救うためにはたらくのだ」

隼人は長次郎と目を見合わせた。

「藩だ幕府だという時代は終わりだ。諸藩の垣根を払って、新しいひとつの国を作らなければこの国の将来はない」

「榊田がそんなことをいってるというわけか……」

「先生の教えを受ければ、おぬしらにもわかるはずだ」

隼人は男の目をじっと見つめた。鳶の声が聞こえてきた。

「そうかい。ならば榊田先生に教えを請いにいくとするか」

そうつぶやいた隼人は、男に猿ぐつわを嚙ませた。

刀を奪って表に出ると、浜につづく道を用心しながら進んだ。

「不知火さん」

長次郎が沖合に目を向けていた。先に見える島の近くに千石船が浮かんでいた。舷側《げんそく》に小舟が漂《ただよ》っている。さらに、千石船に向かっていく二艘の舟があった。

隼人は千石船と二艘の舟に目を凝らした。

「小夜……」

一艘の小舟に小夜の姿があった。その舟には前田銑十郎も乗っていた。

「浅井、まずはおれたちの刀だ」

隼人はそのまま駆けた。

七

浜に下りた隼人は、一町（一〇九メートル）ほど右にある小屋を見つけた。一頭の馬がそばに繋がれている。散々自分たちを引きずり回した馬だ。小屋の戸口から煙が漏れていた。

沖には大小の島が点在している。きらめく青い海と鮮やかに澄みわたった空、そして松の緑に彩《いろど》られた島々が絵のようである。明媚だ。

「ここは、なんというところだ？」

隼人は先に見える小屋を目ざしながら長次郎に訊ねた。

「七ヶ浜です。千石船の先にある島は馬放島と呼ばれています。しかし、あの船どこからやってきたんでしょう」

「…………」

隼人は長次郎の疑問には応じず、小夜の乗った小舟が馬放島に接岸されたのを見た。それから先の小屋に目を転じて足を進めた。

小屋に近づいたとき、つながれていた馬が短く嘶《いなな》いた。隼人と長次郎は熊笹の藪に身を隠して、しばらく様子を見た。小屋に何人いるかわからないが、刀と短筒を取り返さなければならない。

用心しながら小屋の背後に回り込んだ。開けられている蔀戸《しとみど》からそっと様子を窺う。二人の男が火鉢に載せた鍋《なべ》から雑炊《ぞうすい》をすくって、一心に食べていた。

隼人は長次郎に表にまわろうと顎をしゃくった。巨漢から奪い取った大刀をしっかり握りなおし、戸口に近づいた。長次郎は脇差を手にしている。

風が浜の砂を巻きあげて、吹きつけてきた。崖下の雑草が葉裏を見せてなびいた。

隼人はさっと、小屋のなかに入った。

飯を食べていた二人の男がギョッとなって、隼人と長次郎を振り返った。

「逆らわば、斬る」

隼人が剣気を募らせて足を踏みだすと、ひとりが雑炊の入った椀《わん》を投げつけてきた。表につながれている馬に乗っていた男だ。もうひとりはそばに置いていた刀に飛びつき、さっと刀を抜き払い、中腰になって身構えた。

土間にいる隼人は、青眼に構えて片足を居間の縁にかけた。長次郎が戸口脇から居間にあがり、男たちの横についた。雑炊の入った椀を投げた男も自分の刀を手にしている。

「斬り合いはしたくない」

隼人は諭すようにいったが、相手は聞きはしなかった。右の男が刀を横に振って、下からすくいあげるように斬りつけてきた。

隼人はその一撃を横に払って、居間に躍りあがった。

「刀を取りに来ただけだ」

もう一度いってやったが、相手は隼人の足を狙って刀を横に薙ぎ払った。屋内での戦いを知っている。刀を縦に振れば、天井や鴨居《かもい》にぶつかる。屋内では低く払うか突きが有効である。

長次郎はもうひとりの男の攻撃をかわし、反撃に出ていた。男は、着流した小袖を尻端折《しりばしょ》りし、草鞋《わらじ》履き、股引《ももひき》に脚絆《きゃはん》といった動きやすい恰好だった。隼人が相手をしている男も同じだった。

火鉢を挟んで男がぎらぎらした目を向けてくる。隼人はゆっくり息を吐きながら右にまわった。さっと刀が突き出されてきた。肩を引いてかわし、素早く刀を斜め上方に振り抜いた。相手は横に動いてまた突きを送り込んできた。刹那、火鉢に載せてあった鍋がひっくり返り、灰神楽《はいかぐら》があがった。

「うぎゃ……」

背後でくぐもった悲鳴がした。

瞬間、隼人の鋭い突きが相手の脇腹を抉《えぐ》った。

「うッ……」

突かれた男が目を剝いて、隼人をにらむ。隼人は冷め切った目で相手を見つめ返すと、そのまま刀を引き抜き、すかさず第二の刺撃を送り込んで、くるりと背を向けた。背後で男の倒れる音がした。

片膝立ちになっている長次郎が、隼人を見てきた。

「大丈夫か？」

「不知火さんは？」

「見てのとおりだ。それより刀を……」

探すまでもなく、刀は小屋の片隅に、捨てられたように置いてあった。だが、短筒はない。おそらく前田銑十郎が持っているのだろう。

「どうします？」

「やつらのところへゆく」

隼人は海を見て答えた。下ろされていた千石船の帆が上げられていた。船上に慌ただしい動きがある。千石船のそばにいた小舟は、馬放島のほうへ向かっていた。

「千石船は帰るようだ」

「島に行くには舟がなければなりませんよ」

「探すんだ」

隼人はそのまま小屋を出ようとしたが、足を止めて振り返った。このままのなりでは、榊田たちに気づかれてしまう。小屋の片隅に男たちの着替えがあった。

「浅井、着替えるんだ」

隼人は居間に戻って粗末な着物をつかみ取った。

隼人と長次郎が舟を探すために、代ヶ崎のほうに向かってしばらくして、塩竈に食糧を調達しに行った次兵衛《じへえ》と初之助《はつのすけ》という二人の男が、七ヶ浜に戻ってきた。引いている馬の背には、米と魚の干物や塩や味噌などを背負わせてある。

「おい、船が来ているぞ。あれが先生のおっしゃった千石船だ」

次兵衛は番小屋のそばまで来ると、額に手をかざして沖合に浮かんでいる船を眺めた。帆がいっぱいに張られたところだった。

「もう帰るようだな」

初之助は汗をぬぐいながら、まぶしそうに千石船を眺めた。

「大砲が届けられたのだ。いったいどのぐらい大きいのだろう」

「さあ、大砲なんて見たことないからな。それより次兵衛、早くこの荷を下ろしてしまおう。上の小屋に届けたら、ひとまずおれたちの仕事は終わりだ。大砲を見に島に渡ろうじゃないか」

「そうしよう」

初之助に応じた次兵衛は、手綱を引いて馬を歩かせた。番小屋の表に繋がれている馬が、二人を見て短く嘶いた。

二人は番小屋の戸口に馬を引いてゆくと、米を下ろした。

「おい、正作《せいさく》。糧食《りようしよく》を持ってきたぞ。手伝ってくれ」

次兵衛が声をかけるが、返事がない。

「おい、何してるんだ。昼寝でもしてるんじゃないだろうな」

足許に米俵を下ろした次兵衛は、首筋の汗をぬぐって番小屋の戸口に立つなり、唖然《あぜん》として口を開いた。番をしていた正作と重造《しげぞう》が血を流して横たわっていたのだ。

「……は、初之助。た、大変だ」

「どうした？」

「見てみろ」

そばにやってきた初之助が息を呑んで目を瞠った。それから二人はこわばらせた顔を見合わせた。

「誰の仕業《しわざ》だ？」

「ひょっとして……」

初之助は、崖の上にある小屋の方角を見あげた。

「おい、おれは様子を見てくる。やつらが逃げたのなら、すぐに先生に伝えなければならぬ。おまえは舟を出しておけ」

「どこの舟だ？」

「戻ったところに一艘ある。入江のなかにあるやつだ」

初之助はいうが早いか、腰の刀を引き抜いて駆けだした。

第七章　馬放島《まはなしじま》

一

岸壁につけられた舟から降りた榊田監物は、離れてゆく千石船を振り返った。高く上げられた帆が風を孕《はら》んで、船足を速めていた。長さ五十尺（一五メートル）、幅二十五尺（七・六メートル）の船は、榊田たちに大きな艫《とも》を向けて去るところだった。

「……大砲と砲弾を蔵に運ぶんだ。大事なものだから足許に気をつけろ」

榊田は離れゆく千石船から荷舟に視線を移して、同志たちに注意を与えた。それから少し高台まで登ってもう一度千石船を振り返った。

「勇蔵、いずれ日本も軍艦を造らねばならぬな。いや、それは一刻を争うことであるのだが……幕府はどう動くか……」

榊田はそばについている番頭役の木谷勇蔵に声をかけた。

「軍艦でございますか……」

「そうだ。今年の初め、江戸にやってきた黒船は四隻だった。どの船もあの千石船の十倍はあった。大砲は十門以上を備えておった。日本もそれに勝るとも劣らぬ軍艦を建造しなければならぬ」

「黒船というのは、そんなに大きいのでございますか……」

勇蔵は目を丸くして、小さくなってゆく千石船を眺めた。

実際、六月に江戸湾に現れた黒船四隻は、江戸市民の度肝《どぎも》を抜いた。四隻のうちの一隻サスケハナを例にとれば、排水量三八二四トン、全長二五七フィート(七八メートル)、幅四五フィート(一四メートル)という大きさだった。装備している砲は、一五〇ポンド(六八キロ)砲二門、九インチ(二二・九センチ)砲十二門、一二ポンド(五・四キロ)砲一門であった。

「先生、そんなに大きな船に攻撃などできるのでしょうか……」

榊田は勇蔵を見て、口許をゆるめ、自信ありげに答えた。

「やるのだ。どんな軍艦であろうが、隙をつけばできる。できぬことはない」

「隙を……」

「そうだ。相手が油断しているところへ仕掛けるのだ。沈めることはできなくとも、脅すことはできる」

榊田は徐々にその姿を小さくしてゆく千石船を見送りながら、幕府の海防の手薄さを、いまさらのように嘆いた。

幕府は弘化《こうか》二年（一八四五）に、海岸防禦《かいがんぼうぎょ》御用掛《ごようがかり》（海防掛）なるものを設置したが、これは大小目付《だいしょうめつけ》・勘定奉行《かんじょうぶぎょう》・勘定吟味役《ぎんみやく》などからなる混成部隊で、統合・総括的な外交機構ができるのは、安政《あんせい》五年（一八五八）の外交奉行設置まで待たなければならなかった。

また海岸警備は、相模《さがみ》と房総《ぼうそう》が中心であり、迎撃《げいげき》はおろか攻撃もできない火縄銃を備えているという体《てい》たらくである。もちろん、数門の大砲はあるにはあったが、およそ使い物にならない年代物だった。

しかし、数は多くないが、日本にも使える大砲はそれなりに存在していた。戦闘用の武器として威力を発揮する大砲の代表格は、家康が大坂の役《えき》で備えたカルバリン砲とカノン砲といっていいだろう。

前者は英吉利から、後者は阿蘭陀から購入したものだった。以来、幕府はカノン砲を手本にして幾門かの和製大砲を造っていた。

先ほど千石船から降ろされた一門は、カノン砲を原型にして、盛岡藩で鋳造されたものだった。これは榊田と意を通じている盛岡藩南部家《なんぶけ》の家臣のはたらきで叶ったものであった。さらにもう一門が年内に完成するという知らせも受けていた。

もっとも、この大砲は後年我が国で鋳造されるものに比べると、口径は一八〇粍《ミリ》と小さく、砲身の長さも二三〇〇粍と短かった。その分、移動がしやすいように牽引《けんいん》可能な車輪付きの架台《かだい》を備えていた。

大砲がその架台にようやく固定されると、同志たちが嬉しそうに坂道を押しはじめた。車輪が付いているから楽だと、そろって顔を輝かしている。火薬箱や弾薬を担ぐ者たちも、鈍い光を放つ黒い砲身に魅入られたような目をしていた。

千石船を見ると、もうその姿は小さく霞んでいた。

榊田は大砲のあとにしたがって、島内の蔵に足を向けた。

「先生、召し捕った者たちはいかがされます？」

蔵の近くで声をかけてきたのは、前田銑十郎だった。最前、公儀からの使者を捕縛《ほばく》したとの報告を受けていたが、榊田は大砲を降ろす作業に追われて後まわしにしていた。

「二人だったな」

「念のために同志になる気はないかと聞きましたが、拙者の話ではわからぬようです」

「その気はないと申したか」

「聞く耳を持たないといったほうが正しいかもしれませぬ」

榊田はしばらく松林を通して見える海を眺めた。

「よかろう。公儀の使いならば、江戸の動きも少なからず知っているはずだ。そのことを聞くついでに、諭してみよう。その者らの名は、何と申した?」

「不知火隼人、もうひとりは桑折代官所の手先で浅井長次郎と申します」

二

小夜は火薬がしまわれている小屋の前で、運ばれてきた大砲を見ていた。横には小夜を追いつづけていた長沼六之助が立っていた。

前田銑十郎が捕縛した男たちのことを榊田に告げたとき、小夜ははっと目を瞠った。

あの不知火隼人という人が、七ヶ浜で捕まっている! なぜ、そんなことに。どうしてこんなところに来たのかしら……。

小夜は息を詰めて、榊田と前田銑十郎のやり取りに耳を傾けた。

「先生、あの二人はわれわれの計画に少なからず気づいています。さらに先生がお話をされるとなれば、手の内を明かすことになりはしませんか……」

銑十郎は榊田に一歩詰め寄るようにしていった。

「いかにもそういうことになる。だが、同志になるのなら問題はなかろう」

「拒まれたらいかがされます？」

「生かしてはおけぬ」

さらりといい放った榊田の言葉に、小夜は息を止めた。

「そもそも、どんな目的があってこの地にやってきたのか知らぬが、わしばかりでなく他の同志の顔まで知られて、無事に帰すわけにはいかぬであろう」

「いかにもさようで……」

前田銑十郎は口の端に冷徹とも思える微笑を浮かべた。榊田はまわりにいる者たちをひと眺めした。

「われらは何としてでも、この国を守るために目的を遂《と》げなければならぬ。その日がくるまで、裏切りをはたらくようなことがあれば、容赦はせぬ。裏切りは国を捨てるのと同じ卑劣《ひれつ》なおこないとみなす。結束を固め、強い意志を持ってことに望まなければならぬ。裏切り者は許さぬ。心しておけ」

全員、神妙な顔でうなずいた。

「小夜」

不意に榊田が小夜を呼び捨てにして、顔を向けてきた。

「しばらくわしの身のまわりの世話をしてもらう。よいな」

小夜は榊田をまばたきもせずに見つめた。榊田にはどこか威圧する雰囲気がある。人を見る目にはおおらかさが感じられる一方、物事に動じない冷徹さも窺わせる。頑丈そうな太い首に分厚い唇、大きな鼻にも意志の強さが宿っていた。

「小夜、先生がおっしゃっているのだ。素直にしたがいなさい」

横から口を添えたのは、兄の養助だった。

小夜は服従したくはなかったが、あえてうなずいた。榊田にうながされ、広い背中を見ながらあとについていった。

銃や火薬のしまわれている小屋の裏をまわり、松林を縫うようにして歩く。

小夜は時折、七ヶ浜に目を向けた。不知火隼人が捕まっているという。いまごろどうしているのだろうか……。

桑折宿で親切にしてくれた、隼人の顔が瞼の裏に浮かんだ。

「小夜、これへ」

手ごろな岩に腰をおろした榊田が、そばにある切り株を指した。小夜は黙って切り株に腰をおろした。松林を抜けたところで、目の前に大小の島が散らばる松島湾が広がっていた。崖下から心地よい潮風が吹いてきて、小夜の後《おく》れ毛を揺らした。

「この島にもうひとつ小屋を作る。小屋と申しても、人が寝泊まりできるような家だ」

榊田は遠くに視線を投げながら言葉を継いだ。

「そなたには、そこで暮らしてもらう」

小夜ははっとなって、榊田の横顔を眺めた。そんなことは真っ平ごめんである。

「……いつまでその家にいなければならないのです」

問いかけると、榊田が顔を振り向けた。

「年が明けたら、われらは浦賀に向かう。少なくともそれまでだ。場合によっては、そなたもいっしょに行ってもらうことになるやもしれぬ」

「……本気で、黒船を攻撃するのですか？」

「これは遊びではない」

榊田は口許に余裕とも自信とも取れる笑みを浮かべた。

「黒船騒ぎは、いまにはじまったことではない。かつて、露西亜の軍艦が四国の阿波《あわ》に漂着したことがあった。紀州や筑前《ちくぜん》、あるいは石見《いわみ》あたりでも異国の船が何度も見られている。幕府が慌てて海防策を講じたのは、露西亜の使節が根室《ねむろ》に来たことがきっかけであった。その後、長崎にやってきた英吉利《えげれす》の軍艦が狼藉《ろうぜき》をはたらいたことがある。その折には長崎奉行が責任を取り、詰め腹を切ることになってしまった。七年ほど前には、江戸の沖合に亜米利加の軍艦二隻がやってきて、幕府を威嚇《いかく》する不気味な動きをしておる。このようなことを放っておくわけにはいかぬ」

「…………」

「だが、幕府は愚かにもただ手をこまねいているばかりで、相応の手立てを講じることができぬままだ。それだけ幕府の屋台骨が揺らいでいるという証《あかし》であろう。これからの世を動かすのは幕府ではない。諸国にいる才気煥発《さいきかんぱつ》な人材の登用こそが急がれる」

「それと、黒船攻撃がどう関係があるというのです？」

「日本を侵略せんとする外国への警鐘《けいしょう》を与えると同時に、諸藩がひとつの国にまとまるためのきっかけを作るのだ」

小夜にはわかるようでわからない、途方もない話だった。

「これからは、外国と対等にわたりあえる国造りが必要になる。われらはそのための仕事に取りかかっているのだ。……まあ、すぐにはわからぬだろうが、おいおい話して進ぜよう。とにかく、わしを信じてついてきてくれ」

小夜は声もなく榊田を見つめた。


そのころ、七ヶ浜の小屋での急を知らせるために、次兵衛と初之助は馬放島をめざして必死に舟を漕《こ》いでいた。

「あの二人の仕業に決まっている。他に考えられぬ」

汗だくで櫂《かい》を漕ぐ次兵衛は、近づく馬放島をにらみながら吐き捨てる。

「何度も同じことをいうな。とにかく、おれたちは同志の敵《かたき》を討たねばならぬ」

鼻息荒く応じる初之助は、浜の番小屋にいた同志が殺されたことばかりか、従弟《いとこ》の田所《たどころ》捨蔵《すてぞう》が縛りあげられていたことにも我慢がならなかった。

捨蔵はいかつい形《なり》ながら純粋で、幼いころから実の弟のように可愛がってきた。

　その捨蔵をあの二人の男が散々いたぶったのだ。許せるはずがなかった。この手で絞め殺したいほどの怒りが、腹の底にぐつぐつと煮え立っていた。

　もちろん、ひどい目にあった捨蔵も黙っていなかった。馬放島に渡らず、付近を捜して仕返しをするのだと息巻いて七ヶ浜界隈《かいわい》の探索にあたっている。

「おい、もっと早く漕がぬか」

　初之助が次兵衛を叱咤《しった》すると、

「疲れてきた。替わってくれ」

　と次兵衛が音をあげた。

「よし、どけ。一刻を争う事態なのだ」

　漕ぎ手となった初之助は、そのとき後方から近づく一艘の舟に気づいた。

「……誰かくるぞ。同志か？」

　次兵衛が背後を見て目を凝らした。代ヶ崎のほうからやってくる舟が、波間に見え隠れしていた。

「騒ぎに気づいた同志だろう。捨蔵から聞いたのかもしれぬ」

「あやつらまで来ることはなかろうに。逃がしたらどうするんだ」

「引き返せといいたいが、遠すぎる。とにかく急ぐんだ」

めざす馬放島まで、もういくらもなかった。小さな入江に同志たちの使っている舟が舫《もや》われており、島内の丘につづく道に荷物を運ぶ仲間の姿があった。

三

隼人と長次郎は、代ヶ崎の浜で見つけた舟を交替しながら漕いでいた。番小屋で見つけた粗末な着物を尻端折りし、手拭いを頰被りしていた。

代ヶ崎から馬放島まで直線距離だと三町ほどしかないが、榊田たちが使っている浜は、さらに一町ほど先の入江にあった。

途中で先に島に向かう舟を見た隼人は、同じ浜に乗りつけるのは不用心ではないかと考え、島の西側にまわることにした。西端に平崎《ひらさき》という岬があり、そこに舳先《へさき》を向けた。

「やつらには漁師だと思わせればよい」

一か八かの、危険な賭けであった。

「うまく誤魔化せますかね」

長次郎も自信なさそうな声を返す。

「正面から行ってあっさり見つかるよりはましだろう。少しは刻《とき》も稼げるはずだ」

むろん、待ち伏せされることも頭に入れておかねばならなかった。ただ、二人は漁師と見紛《みまが》う身形《みなり》をしていたし、刀も舟底に隠していた。

代ヶ崎を出たときうねっていた波は、島が間近になると静かになった。青々とした松に覆われた馬放島は、穏やかな陽光につつまれている。

昨日あたりから暑さがぐっとやわらいでいる。遠くの山には、やっと秋の気配が感じられた。

漕ぎ手を長次郎にまかせた隼人は、島内の林や岩陰に注意の目を向けた。いまのところあやしげな人の気配はなかった。松島湾内にある島々は、揃ったように海水に浸食された白い岩肌を見せている。その白が、島を彩る松の青さを引き立てているのだった。

「よし、ゆっくりつけるんだ。そこの岩場がいい」

榊田たちに舟を見つけられぬように、波打ち際にある岩の間に舟を入れて、舫いを岩にくくりつけた。隼人は刀を腰に差すと、身を低くして用心深くまわりを見てから、島に上陸した。

「やつらはここから南のほうの浜に下りているはずだ。おれたちは北側から背後をつこう」

島の北側には狭い砂浜がつづいていた。隼人と長次郎は見つからぬように、松林から浜沿いに進んだ。

「何人ぐらい、いるんですかね」

長次郎があちこちに視線を向けながら聞く。

「たしかな人数はわからぬ。あの大男は三十人はいるといったが、この島に全員が揃っているとは思えぬ」

「しかし、戦うようなことになったら勝ち目はありませんよ」

「端《はな》からそう決めることはない」

隼人の頭には、小夜だけでも救いだしたいという思いがあった。

「なに、あの二人が逃げただと！」

息を喘がせながらやってきた次兵衛と初之助の話を聞いて、驚きの声をあげたのは鉄十郎だった。

「逃げただけではありません。番小屋にいた正作と重造が殺されております」

次兵衛がつばきを飛ばしながら早口で報告すれば、

「二人を見張っていた捨蔵も縛りあげられてました」

と、初之助も付け加える。

「あの捨蔵が……」

銕十郎は榊田を振り返った。

「先生、お聞きのとおりです。いかがされます」

「捨蔵はどうしているのだ？」

「七ヶ浜に残って他の者たちと二人を捜してます」

初之助が榊田に応じた。

「向こうに残っている同志は何人だ？」

「捨蔵を入れて五人でしょうか……」

榊田はまわりの同志たちを見た。その顔には苦渋の色がありありと浮かんでいた。

近くに佇《たたず》んでいる小夜は、不知火隼人が無事だったことを知り、内心で胸をなで下ろしていた。しかし、このまま無事にはすまないはずだ。

「こっちの作業は何とかする。前田、おぬしが頭《かしら》となって、ひとまず七、八人を連れて戻るのだ。主税、おぬしも行って手伝え」

榊田は用心棒の最上主税にも指図した。

「作業が終わり次第、わしらも戻る。急げ、やつらを逃がしてはならぬ。何がなんでも引っ捕らえるのだ。さあ、行け」

銑十郎を先頭に八人の男たちが、舟のある浜のほうに駆けて行こうとしたとき、

「待ってくれ」

と声をかけた者がいた。小夜の兄、三沢養助だった。どうした、と全員が足を止めた。

「さっき、次兵衛たちのあとからこっちに来る舟を見た。同志だと思ったが、やってくる気配がない」

「そうだ。おれたちのあとから来る舟があった。代ヶ崎のほうからだ」

次兵衛がはっとなって海のほうを見た。養助が小走りに駆けて、海を見ることのできる岩場に身軽に上って目を凝らした。

「……舟は見えぬ。舟着場には……」

養助は自分たちの舟を数えてから、榊田を振り返った。

「先生、ひょっとしてやつら、この島に入ったのかもしれません」

「漁師だったのではないか……」

疑わしげな声をあげる同志もいたが、

「むしろ、この島にやってきたのなら都合がよいというもの。だが、漁師だったということもある。前田、おまえは七ヶ浜に戻れ。主税、やはりおまえは残るのだ」

「先生、人数は足りますか？」

銑十郎が心配そうにいう。

「相手は二人ではないか。懸念するな」

「それでは……」

銑十郎はさっと一礼すると、同志たちを連れて舟着場にしている浜に駆けていった。

これからどうなるのかと、胸騒ぎを抑えることのできない小夜は、そっとみんなから離れ、松林の向こうに視線をめぐらした。

小屋の前では榊田が、残っている者たちに何やら指示を与えていた。

四

隼人と長次郎は用心しながら、林のなかを抜けていた。ときどき立ち止まり、周囲に目を凝らし、耳をすました。相変わらず人の姿はない。鳥の声と風の音はするが、人の声は聞こえない。

海の近くは松が多いが、島のなかにわけいるにしたがい、紅葉や錦木《にしきぎ》、あるいは欅《けやき》の木なども見られた。蔦《つた》のからまる低い木もある。藪のなかを用心しながら進むと、急に視界が開けた。平坦な野原があったのだ。ただし、地表が雑草や低木で覆われている草深い野である。

先ほどから風が強くなっており、周囲の樹木が音を立てていた。野を覆う雑草も風に吹かれて長い葉をなびかせていた。隼人は腰を低くして周囲に注意深い目を向けた。

「誰かいるか?」

「見えませんね……」

近くにいる長次郎が声を返した。

「もう少し先に行こう」

隼人は野原を避けて林のなかを進んだ。そちらのほうが歩きやすいし、自分たちの姿を隠すことができる。

「不知火さん、あれを」

横を歩いていた長次郎が、さっと腰を低めて注意を促した。隼人も気づいていた。前方の林のなかに小屋が見えたのだ。しかし、近くに人の姿はない。

連中は千石船から降ろした大砲を運んでいるのかもしれない。先にあの小屋を調べておくか……。

心中でつぶやいた隼人は、ゆっくり歩を進めた。

「長次郎、油断するな」

隼人が注意を与えた、まさにそのときだった。

突然、脇の藪のなかから黒い影が現れた。瞬間、隼人は前に飛んでかわしたが、影は刀を閃《ひらめ》かせながらかかってきた。刀を抜く暇も与えぬ俊敏さだった。長次郎もどこから現れたのかわからない敵と組み合って、地を転がっていた。

仰向けに倒された隼人は、相手が振り下ろしてきた腕をつかんだ。その腕には刀が握られている。切っ先がまっすぐ、隼人の心の臓に向けられていた。

「くくッ」

男は隼人につかまれている腕に、渾身《こんしん》の力を込めて刀を突き下ろそうとする。隼人は歯を食いしばって、相手の腕を横に倒した。だが、相手は素早く離れて刀を構えた。隼人はやっと腰の刀に手を添えた。鯉口《こいぐち》を切ったまま、相手の出方を待つ。

さっと相手が牽制《けんせい》するように刀を振った瞬間、隼人は右足を大きく踏み込んで刀を鞘走らせた。

ズバーッ！

男の胴を勢いよく払い斬り、さっと腰を低くして視線を動かした。長次郎は一方の松の陰で、敵と重なり合うように倒れていた。まさか刺し違えたのかと、息を呑んだとき、重なっていた二人の体がゆっくり離れた。ふらりと腰を上げたのは、長次郎だった。

隼人はふっと息を吐いて、長次郎と目を見交わした。

「どうやら気づかれたようだ。やつらは待ち伏せしているはずだ」

隼人は倒したばかりの二人を見た。

「こいつらを藪のなかに隠して、いったん退却だ。考えがある」

隼人は自分が倒した男の両足を持って、藪のなかに引っ張り込んだ。長次郎ももうひとりを同じようにして藪のなかに隠した。

「引き返して、島をまわりこんで敵の裏をつく」

隼人は腰を低くして、後戻りした。


小夜は火薬や火縄銃を保管してある小屋の入口に佇み、周囲の動きに注意していた。榊田は鉄砲を持たせた同志たちを、小屋のまわりにつけていた。四人がその配置についている。他の者たちは、小屋を基点にして四方に散らばり、島に渡ってきたかどうかわからぬ不知火隼人と浅井長次郎を捜しに行っている。

二人がうまくその探索方の目をかいくぐって小屋に近づけたとしても、鉄砲が二人の命を奪うことになる。

小夜は隼人が島に来ていないことを祈る一方で、どうにかして自分を救いだしてくれないかと、矛盾《むじゅん》したことを思いもする。さらに、自力でここから脱出できないものかと、先ほどから考えつづけていた。

「厄介なことになってしまった」

榊田が苦虫を嚙みつぶしたような顔でそばにやってきた。

「せっかくここまでうまくやってきたのに、とんだ邪魔が入ったものだ」

榊田は落ち着きなく小屋の前を行ったり来たりした。

「……もし、その人たちが伊達家に告げ口したら、どうなります？」

小夜の言葉に榊田が立ち止まって、仁王のように鋭い眼光を向けてきた。しかし、その顔には焦燥《しょうそう》の色がありありと浮かんでいた。

「無用なことを口にするな。失敗は許されないのだ」

榊田は吐き捨てるようにいうと、さっと背を向けて最上主税という用心棒のそばに戻っていった。

それからほどなくしてからだった。番頭役の木谷勇蔵が、鉄砲を持ったまま頓《とん》狂《きょう》な声をあげた。

「なんだ、あの煙は……」

小夜も勇蔵の見ている林の奥に目を向けた。それは島の東のほうに見えた。黒黒とした煙である。黒煙は松林のなかを抜けて、まるで霧のように小屋の近くまで漂い、視界を遮っていった。

「いったいどういうことだ？　誰か見てこい」

榊田の指図で、長沼六之助と小夜の見張りをしていた萬助が、流れてくる煙のほうに駆けていった。

五

隼人と長次郎は大きく迂回《うかい》して、島の東側に来ていた。榊田たちがいる小屋から、およそ二町離れた崖の上だった。二人は炎を上げる焚き火に、切り落とした松の枝を重ねていた。青い針葉は油を含んでいて、もうもうとした煙を生じ、パチパチと小さな音を立てて燃えさかった。風に吹き流される煙は、林のなかにみるみる広がり、視界を遮っていた。

「浅井、この辺でいいだろう。つぎはやつらの舟を沈める。ついてこい」

隼人は、長次郎をうながして崖沿いに進んだ。その先に、下の浜につづく岩場の斜面があった。

バーン！

突然、銃声が間近でして、そばの松の枝がビシッと音を立てて折れた。

煙の向こうに人の影が見えた。隼人と長次郎はとっさに伏せたが、もう一度銃声がして長次郎のそばの地面を抉《えぐ》った。隼人は伏せたまま、煙の向こうに霞んでいる人影に目を凝らした。二人である。

「浅井、右にまわれ。おれがおびき寄せる」

隼人は叫ぶなり、そばの松の陰に身を寄せた。そっと前方を窺う。風のいたずらで、煙が薄くなった。二人の敵はすぐそばまで迫っていた。ひとりが鉄砲に弾を込め終わり、用心しながら足を進めてくる。

隼人は斜め左にある松の陰に飛ぶように移った。素早く動いた隼人の影に、敵は気を取られた。鉄砲を身構え、様子を窺いながら接近してくる。

「出てこい！　そこにいるのはわかってるんだ！」

ひとりが呼びかけてきた。

隼人は敵の右に移動した長次郎を捜したが、煙が邪魔して姿は見えなかった。

「こっちだ！」

隼人はわざと声を張りあげて、松林のなかを横に駆けた。銃声がして近くの枝が折れた。つづいてもう一発、甲高《かんだか》い音が空にひびいた。隼人は刀を抜いて、煙のなかにぼんやり浮かぶ影に突進した。鉄砲に弾を込めて、発射するには手間を要する。その間に倒さねばならなかった。

「うぎゃ！」

いきなり悲鳴がした。

長次郎が敵の横合いから襲撃をかけて、ひとりを斬り倒したのだ。驚いたもうひとりは鉄砲を隼人に投げつけて、脱兎のごとく逃げていった。

「追いますか？」

血刀を下げた長次郎が聞いてきたが、隼人はあきらめた。現に逃げた男の姿は、煙に吸い取られるように見えなくなっている。

「舟を沈める。そっちを急ごう」

隼人は意を決して、足許の悪い岩場の斜面を下りはじめた。


小屋の前にいた者たちは、風に流されてくる煙に翻弄《ほんろう》されながら、銃声のした方角に目を向けた。しかし、どういう事態になっているのかよくわからない。先ほどより煙は薄くなったが、煙のせいで息苦しくもあり、目にもしみていた。

小夜は着物の袖で口を覆い、煙を払いながら、煮炊き用に石で造られた粗末な竈《かまど》を見ていた。それには小さな火がついており、湯釜がのせられていた。

竈の火を小屋に放ったらどうなるだろうかと、頭の隅で考える。小屋には火薬がしまわれている。火を放てば大きな爆発が起きるはずだ。

心の臓がドキドキと高鳴ったとき、林の奥から長沼六之助が駆け戻ってきた。

「先生、いました。やつらです。やはり島に渡ってきてました」

「何人だ？」

「二人です。萬助が斬られました」

駆け戻ってきた長沼は泣きそうな顔をして報告した。

「やつらはこの先にいるのだな」

「松の枝を切って、火にくべているんです」

榊田は仲間を眺めて、しばらく考えた。

「……やつらをこっちにおびき寄せるんだ。相手は二人だ。ものの数ではない」

榊田は掌《てのひら》で煙を払い、林の奥に目を凝らしたあと、七ヶ浜に戻った同志を呼び戻すために、空に向けて合図の鉄砲を撃ち放った。物々しい音が空にひびきわたった。

小夜は竈の火を凝視したまま、どうすべきか迷いつづけていた。


舟を急がせていた前田銑十郎たちは、もうすぐ七ヶ浜というところで銃声を聞いた。一発目は波の音にかき消されてよくわからなかったが、しばらくしてまた同じ音が聞こえた。

銑十郎は船頭役の同志に舟を止めるように命じて、耳をすました。すると、また新たな銃声が島の空に轟いた。

「ひょっとすると、やつら……」

つぶやいた銃十郎は、浜にある番小屋を一度振り返った。とくに変わった様子はない。

「戻るのだ。やつらは島に渡っているのだ。島に引き返せ！　舟をまわせ！」

銃十郎は同志たちに大声で呼びかけた。


隼人と長次郎は足場の悪い岩場の斜面をやっと下りると、白い砂浜を駆けた。浜の先にある岩場の入り江に、五艘の舟が舫われていた。一艘だけが大きめの荷舟で、あとは漁師舟だった。

その舟着場に近づいたとき、沖のほうからやってくる舟を見た。全部で三艘。舟には七人の男たちが分乗していた。隼人は舌打ちしたが、とにかくすぐ先の岩場にある舟を沈めるのが先だった。

隼人と長次郎は、舟を舫ってある岩場に辿りつくと、櫂と櫓《ろ》を使って舟を壊しにかかった。だが、なかなか思うようにいかない。手ごろな岩を拾って、それを舟底にたたきつけた。そちらのほうが効果があった。新たな岩を拾っては、舟底にたたきつける。舟板にひびが入り、海水が漏れはじめた。さらに岩の重みで、舟が徐々に沈みはじめる。しかし、これは重労働だった。やっと一艘を沈めることができたが、二艘目に取りかかったとき、七ヶ浜方面からやってくる舟の姿が徐々に大きくなった。

「浅井、やつらが来る前に、ここの舟だけでも沈めてしまうんだ」

「わかっています」

隼人に応じる長次郎は汗だくになっていた。

「前田たちは気づいてくれたか。戻ってきているのかどうか、誰か見てくるのだ」

小屋の前で隼人たちを待ちかまえている榊田が命令を下すと、番頭役の勇蔵が舟着場につづく坂道を少し下りて、急に立ち止まって振り返った。

「先生、大変です！　やつらが、われらの舟を沈めています」

「なんだと！」

全員、勇蔵のもとに走って、唖然となった。二人の男が舟に岩をたたきつけているのだ。すでに二艘が沈んでいた。

「鉄砲を構えろ！」

命令を発した榊田も、火縄銃を構えて狙いを定めた。

小屋の前にいた小夜は、おそるおそる竈に近づき、火のついた一本の薪《まき》を手にした。そのとき、一斉に鉄砲が発射された。

六

舟を沈める作業に没頭していた隼人と長次郎のそばに、無数の銃弾が飛んできた。銃弾は岩ではじけ、礫《つぶて》を飛ばした。海中に突き刺さる銃弾もあれば、舟板を抉るものもあった。小屋につづく坂の上で銃声が何発も連続している。

「浅井、ここまでだ」

岩場に身を隠した隼人は逃げ道を急いで捜した。右の砂浜は体をさらすことになるので避けなければならない。左側は波の打ち寄せる足場の悪い岩場であるが、そちらに逃げるしかなかった。

二人は岩に身を隠しながら、左へ逃げることにした。坂の上から鉄砲で攻撃してくる者たちが、その間にも近づいていた。背後の海からは、新たな敵が接近している。挟み打ちにされた恰好だが、いまのところは坂上の敵の攻撃から逃れるのが先だった。

滑りそうな岩場をつたってなんとか松林の斜面に取りついた。敵は右から鉄砲を放ってきたが、二人はようやく安全と思われる島の上に逃げることができた。男たちの声が林の奥でいくつもしていた。這い上がってきた斜面の下を見ると、鉄砲を持った二人の男がうろついていた。

隼人と長次郎はあたりを警戒しながら、小屋へと向かった。焚いた煙はもう薄れていた。日が傾きはじめ、松林のなかに射し込む光の条が斜めになっている。銃声に驚いたのか、鳥の声がやんでいた。

「不知火さん、小屋をどうするんです？」

「なかにある大砲や火薬を爆破するしかない。おそらく、いや必ずあるはずだ。それに小夜という女が囚われている。何とかして救いだしたい」

「敵は多いですよ」

「端からわかっている——とんでもないことにおまえを付き合わせる羽目になったな」

「いまさらそんなことをいわれても……」

長次郎が言葉を切ったとき、目の前の松林に二人の男が姿を現した。

「きさまは……」

隼人はひとりの男に見覚えがあった。長沼六之助である。

「こんなところでまた会うとは。もはや、これ以上の邪魔はさせぬ」

長沼は殺気をまとって間合いを詰めてきた。刀の切っ先は隼人に向けられている。隼人は地摺り下段の構えで向かい合った。もうひとりと対峙《たいじ》した長次郎が、先に攻撃を仕掛けた。鋼《はがね》同士の打ち合わさる音が林のなかにひびいた。

その瞬間、長沼が突きを送り込んできた。隼人は払いあげると、返す刀で長沼の左肩を斬りつけた。

「うっ」

「相手を見くびるな。互いの腕は城下でわかっていたのではないか」

隼人はそういい放つと、片腕しか使えなくなった長沼の脇腹を横薙ぎに払い斬った。そのまま残心《ざんしん》を取った刹那、小屋から脱兎のごとく駆けてきた男がいた。はっとして新たな敵に身構えたが、相手はすでに刃圏まで迫っており、一挙に間合いを詰めるやいなや、そのまま大上段から撃ち込んできた。

隼人は半身をひねってかろうじてかわしたが、男の攻撃は隙がなく、第二第三の必殺剣を送り込んでくる。隼人はそのたびに相手の刀を打ち払い、体をひねってかわした。

「きさまが不知火隼人か……」

ひと呼吸置いて、男が訊ねてきた。

「いかにも。きさまは？」

「最上主税……きさまの命、もらい受ける」

主税は低い声を漏らして、じりじりと迫ってくる。なかなかの強敵だ。太刀行きの速さも、剣筋もたしかである。長次郎はすぐそばで、まだ斬り合いをつづけていた。勝負はなかなかつかないようだ。

主税が足を踏み込んで胴を抜きに来た。隼人は半身をひねって刀を袈裟懸けに振り下ろしたが、主税はすばやく身をひるがえし、中段突きを送り込んできた。

鮮やかな一閃の業だった。

突きをかわされた主税が、即座に逆袈裟で攻めてきた。隼人の耳許を刃風がかすめた。転瞬、地を蹴って身を躍らせた隼人は、片手斬りの必殺剣を見舞った。

「……くっ」

体を入れ替えて片膝をついた主税が、隼人を振り返って口をねじ曲げた。だがそこまでのことで、どさりと前のめりに倒れた。その直後、銃声が轟いた。

パーン！　パーン！

竹を割るような甲高い音が連続した。小屋のほうから攻撃されているのだった。

「うわあ！」

隼人の横で悲鳴がした。とっさに見ると、長次郎が膝を崩していた。その手から刀が落ち、撃ち抜かれた胸から血潮が迸《ほとばし》っていた。

「浅井」

驚きの声を漏らしたとき、長次郎は大地に倒れた。見開かれた目は虚空を見つめているだけだった。嘆いている場合ではなかった。鉄砲を構えた男たちが、徐々に接近していた。

隼人は身を隠すために後退し、飛んでくる銃弾をかいくぐって、藪のなかに身を投げた。

どこへ行った、見失ったぞ、向こうの林だ、などという声が重なって聞こえた。

隼人は藪のなかの地面に這いつくばって、静かに深呼吸を繰り返した。鉄砲を持った男たちの気配が迫ってくる。見つかればそれで終わりだ。

ところが、小屋のほうから何やら喚き声が聞こえ、そばに迫っていた男たちが慌てて駆け戻った。気になってそっと腰をあげると、なんと小屋が炎を上げて燃えていた。そばで榊田たちの仲間が右往左往している。

と、いきなり耳をつんざく大音響とともに、小屋が赤い閃光を放ちながら吹き飛んだ。その爆発で藁人形《わらにんぎょう》のように飛ばされる人間の姿もあった。吹き飛ばされた材木が、バラバラと地面をたたいて落ちた。

爆発は一回ではなかった。何度も連続して、周囲をまぶしい閃光でつつんだ。爆発と同時に黒煙が周囲に広がり、一挙に視界が利かなくなった。

黒煙は林のなかだけでなく、空にも高く昇っていった。

隼人は爆発のたびに、身をかがめなければならなかったが、そのうち静寂が訪れた。風がきな臭い黒煙を舐めるように流している。やがて、小屋のあたりが見えるようになった。男たちの動く影は見えない。

いぶかりつつも藪を抜けたとき、

「不知火さま……」

という、か細い声がした。

はっとなって声のほうを見ると、松の木の陰にしゃがんでいる女がいた。

「小夜殿」

「ご無事だったのですね」

隼人は小夜のそばに駆け寄った。

「そなたも。しかし、あの爆発は……」

「わたしが小屋に火をつけたのです」

隼人はまじまじと小夜の白い顔を見つめた。それから手をつかんで、林の奥に向かった。適当な場所に身を隠すと、小夜の細い肩を抱きしめてやった。小夜が悪寒に襲われたように震えていたからだった。

「大丈夫か?」

「ええ、なんとか……」

「それにしても、やつらの狙いはなんなのだ。そなたは聞いておらぬか」

「何もかも知っております」

小夜は気力をふりしぼり、榊田がどういう目的で同志を集め、どのような計画を立てているかを話した。隼人は五感を研ぎすまして榊田たちの動きを見張りながら、小夜の話を聞いていた。

「黒船を攻撃するために……」

話を聞き終えた隼人は、あきれたような声を漏らした。

「榊田の申すことにはうなずけるところもあるが、いたずらに黒船を攻撃すれば、かえって相手の怒りを買うだけではないか」

隼人には正気の沙汰《さた》とは思えなかった。

「これからどうなさいます?」

「この先に舟を隠している。そなたはそこへ行って待っておれ。わたしは大砲を始末して、戻ることにする」

隼人は舟を隠している場所を詳しく教えた。

「さあ、行って待っておるのだ」

小夜に申しつけた隼人は、小屋のほうに後戻りした。

七

小屋の周辺には死体が転がっていた。小屋は木っ端微塵《こばみじん》に吹き飛んでおり、あちこちに黒い残骸が散らばっていた。

転がっている死体を確認していると、そのなかに前田銑十郎を見つけた。爆風をまともに受けて飛ばされたらしく、後頭部を岩にぶつけて息絶えていた。

隼人は鉄十郎の懐を探ってみた。すると腰の後ろに短筒がしっかり挟まれていた。つかみ取って自分の懐に入れ、大砲がしまわれている蔵を見つけた。

うまく洞窟を利用した蔵で、すぐそばで起きた爆発の影響も受けていなかった。頑丈な観音開《かんのんびら》きの扉を開けると、黒々と光る大砲が目の前にあった。車輪の付いた架台に載せられている。弾薬が入っていると思われる箱が、蔵の奥に積んであった。

「そこまでだ！」

突然、背後で声がした。

ビクッと肩を動かして振り返ると、鉄砲を構えた五人の男がいた。そのなかのひとりが、一歩前に進み出た。

「きさまが公儀から遣わされているという、不知火隼人か……」

男の目は炯々《けいけい》と光っている。顔は怒りで紅潮していた。

「榊田監物とは、おまえのことか？」

「公儀の考えや動きをゆっくり聞かせてもらおうと思っていたが、もはやその気は失せた。観念するがいい」

隼人を狙う鉄砲の銃口がいまにも火を噴きそうだった。隼人はジリッと足場を固め、片手を蔵の入口の支柱にかけた。

「撃てッ！」

榊田が号令を発したと同時に、隼人は蔵とは逆の左に跳んだ。蔵のなかに逃げれば、追いつめられると判断してのことだった。直後、鉄砲が轟然《ごうぜん》と火を噴いた。

しかし、どれも隼人には命中しなかった。岩場の陰に身を隠した隼人は、短筒を手に持ち、相手の様子を窺った。相手は弾込めに手間取っている。

隼人は短筒を発射した。鼓膜《こまく》を揺さぶる轟音と同時に、弾丸が飛んでいった。だが、誰にもあたらなかった。しかし、榊田たちを動揺させるには十分だった。

隼人は岩陰から飛び出すと、短筒をもう一発発射した。また外れた。距離がありすぎるのだ。撃鉄を引き、短筒を構えたまま距離を詰めると、榊田たちは後退した。

隼人はかまわず、引き金を絞った。銃声が耳朶《みみたぶ》をたたいた直後、榊田の横にいた男の肩が見事撃ち抜かれた。それに顔色《がんしょく》をなくしたひとりが、背を向けて逃げようとした。隼人はその男に狙いを定めた。

バーン！

男は背中を撃ち抜かれ、そのまま前のめりに倒れた。隼人はさらに間合いを詰めて、逃げだそうとした男にもう一発発射した。その男は太股のあたりを撃ち抜かれて、地面をのたうちまわった。つぎは榊田を狙って発射したが、あたらなかった。すかさず親指で撃鉄を引き、引き金を絞り込んだ。カチャ。弾切れだった。

それに気づいた榊田が、刀を引き抜いて突進してきた。隼人は使い物にならなくなった短筒を猛然と襲いかかってくる榊田に投げた。だが、短筒はくるくると宙を舞って、地面に落ちた。

そのとき、榊田は隼人の眼前に迫っていた。脇構えから刀を振り上げ、袈裟に振り下ろしてきた。だが、隼人はふっと短く息を吐くと同時に右足を踏み込み、抜きざまの一刀で榊田の胴を撫《な》で斬った。

「……うぐぅ」

一歩、さらに一歩よろけた榊田が、隼人を振り返った。ぎらつく目を向け、何かを口にしかけたが、そのままどさりと横に倒れた。

「動くな」

ひとり残っていた男が、隼人に銃口を向けていた。男との間合いは三間。相手は鉄砲。手にした刀では立ち向かうことができなかった。男は静かに引き金を絞りつつある。火縄から立ち昇る細い煙が風に流されている。

隼人は身動きできぬまま、鉄砲を構えている男を凝視した。もはやこれまでかと観念するしかない。

「何もかもきさまのせいで、めちゃくちゃになった。死ねッ」

バーン！

轟音と同時に、男の構えていた鉄砲の銃口が空を向いた。そのまま男は身をよじりながら、ゆっくり地に倒れ、持っていた鉄砲を落とした。

何がどうなったのかわからない隼人は、驚いたように目を瞠っていた。だが、すぐに横から現れた小夜に気づいた。小夜の抱えた鉄砲の銃口から、かすかな硝煙が漏れていた。

「小夜殿……」

隼人は小さく声を漏らしたが、小夜の目は倒れた男に向けられていた。

「……兄上」

つぶやいた小夜は、鉄砲をその場に落とした。

「この男がそなたの……」

小夜は悲しみを堪えるように唇を引き結んで、小さくうなずいた。

風が林のなかを吹き抜けていった。

「……兄は榊田に惑わされて、おかしくなってしまったのです。……しかたありません」

小夜の目から涙がこぼれ、頰をつたった。隼人はいってやるべき言葉を見つけられなかった。

「不知火さま……」

「………」

隼人は静かに小夜を見つめ返した。

「大砲はこのままにしておくのですか」

小夜が蔵のほうを見て口にした一言で、隼人は我に返った。

「いや、七ヶ浜にはまだこやつらの仲間が残っている。放っておくわけにはいかぬ」

隼人は大砲のしまわれている蔵の表に立って、まわりを見た。小夜が隣の小屋を爆破したように、蔵に火をつけようと考えた。

弾薬箱をいくつか引きずり出して蔵の入口に集め、集めた薪《たきぎ》に火をつけた。弾薬箱に引火するまでには、時間がかかるはずだ。

「島を離れる。ついてまいれ」

隼人と小夜は下の浜につながる坂道を駆け下りた。榊田たちの舟が岩場にあった。その一艘に飛び乗ると、隼人が櫂を使って漕ぎはじめた。

「七ヶ浜には戻らないほうがよいのでは……」

目に悲しみの色を浮かべた小夜がいった。

「そうだな。ならば、松島に向かおう」

舟を漕ぐ櫂の音が耳にひびいた。隼人は何度か馬放島を見たが、爆発はなかなか起きなかった。空に浮かぶ雲が朱に染まりはじめていた。海には夕日の帯が黄金色の輝きを放って伸びていた。

馬放島からずいぶん離れたとき、突如、爆発音が轟然と空にひびきわたった。爆発は何度も起き、そのたびに黒煙を空に噴きあげた。

隼人は櫂を漕ぐのをやめ、舟のなかに腰をおろして、噴煙を眺めた。そばに小夜がやってきて、隼人の手をつかんだ。隼人はその手を握り返した。

「……後悔しておらぬか」

隼人は憐憫を込めた眼差しを小夜に向けた。小夜は潤んだ瞳で隼人を見つめ返し、ゆっくり首を横に振った。隼人は小夜の肩をしっかり抱いてやった。小夜も隼人の腰にしがみついてきた。

日の暮れを待つ穏やかな海に、大小の島々の影が長く伸びていた。紫紺色《しこんいろ》の空に浮かぶ雲は、神々《こうごう》しい黄金色に染まっていた。

「不知火さまは、これからどちらへ……」

小夜が聞いてきた。

「そなたを家まで送り届けて、江戸に戻る」

「……帰られるのですね」

隼人にしがみついている小夜の腕に力が込められた。

「うむ」

小さく答えた隼人も、小夜を強く抱きしめた。

二人は互いの温もりを感じながら、落陽を眺めつづけた。

＊

十日後のことだった。

寂運は青竜院を去る駕籠に深々と頭を下げて、顔を上げた。歌橋を乗せた駕籠のまわりには、十人ほどのお付きの奥女中たちがしたがっていた。

寂運はお褒《ほ》めの言葉を頂戴したばかりだった。もっともそれは、隼人に対するものであったが、歌橋も阿部伊勢守も、こたびの隼人のはたらきにいたく感心していた。隼人の報告によって動いた伊達家は、榊田監物の同志となった者たちをひとり残らず捕らえ、大騒ぎになりかねなかった事変を未然に防ぐことができた。

また、今回の件もあり、伊達家は以前に増して幕府に忠誠を誓ったという。これで歌橋や伊勢守が危惧《きぐ》していた、幕府の背後をつかれるという心配はひとまず消えた。

「珍念、珍念はどこにおる！」

歌橋を乗せた駕籠が見えなくなると、寂運は大声で珍念を呼んだ。

「何でございましょう」

本堂の陰から珍念が現れた。

「隼人に急ぎ伝えねばならぬことがある。どこにおるかわからぬが、草の根をわけてでも捜してこい」

「どこにいるかわからないのでは、わたしにもわからないのではありませんか」

「馬鹿者、とりあえずやつの家に行くのだ。さすればわかる、かもしれぬ」

「あ、はい。でも、そんなにお急ぎなのでしょうか」

「おまえは口数の多いやつだ。やつに新たな仕事を申し渡さなければならぬのだ」

寂運は歌橋からつぎの指令を預かっていた。

「では、隼人さまの家にひとっ走りしてきます」

「早く行ってくるのだ」

珍念は草履をぱたぱたいわせて境内を飛びだしていった。


そのころ、隼人は深川《ふかがわ》の岡場所にある遊女屋の二階にいた。

まだ外は明るいというのに、夜具に仰向けになっていた。下帯一枚の裸である。隣に若い女がいた。その女が火をつけた長煙管《ながぎせる》を、すぱっと吸いつけて、煙を吐きだした。それから隼人の胸にもたれて、

「一服つけてあげたわ。吸ってちょうだい」

と、隼人の口に煙管をくわえさせた。

隼人はゆっくり煙管を吹かした。逞《たくま》しい胸に女のやわらかな乳房が触れてい

る。吹かす紫煙が窓から吹き込む風に攪乱《かくらん》された。

隼人は小夜のことを考えていた。実の兄を殺《あや》め、我が身を救ってくれた女。その心中は察するにあまりある。どのように慰め、どのように力になってやればよいかわからなかった。ただ、その思いを伝えると、小夜は口許に笑みを浮かべていった。

——不知火さまが心を痛めるようなことではありません。ただ、わたしをしばらくそっと見守ってくださいませ。

隼人は小夜に望まれるまま仙台に戻り、小夜の家で起居を共にした。静かな刻《とき》が過ぎていった。もちろん伊達家にこたびの一件を報告したのはいうまでもない。

小夜の家に逗留《とうりゅう》して三日目の朝だった。

——不知火さま、もう大丈夫でございます。わたしはひとりで生きてまいります。お引き留めして申しわけありませんでした。

——帰れと申すか……。

小夜はなにも答えなかった。ただ、向けられる視線に、二人はどうあがいても連れ添える間柄ではないという切なさが込められていた。

そのとき小夜の見せた清らかな涙を、隼人は忘れることができない。甘酸っぱい思い出が女の声で遮られた。

「どう、うまいでしょう。高い刻《きざ》みなんだよ」

女は嫣然《えんぜん》と笑《え》んで、隼人に頬ずりをした。

「ふむ。煙草も悪くはないが、おれはこっちのほうが好みだ」

隼人は煙管を灰吹《はいふ》きに突っ込むと、そのまま女をひっくり返して覆いかぶさった。

「きゃあ」

女が嬉しそうな悲鳴をあげて、隼人の首に両腕をまわしてきた。いつまでも感傷を引きずる隼人ではない。小夜への恋慕《れんぼ》を払い、目の前の現実と向かい合うことにした。

「日が暮れるまで、たっぷり楽しもうじゃないか」

隼人は、開け放っていた窓の障子を片手でさっと閉めた。

「たっぷりよ……」

下から見つめてくる女はそういって、嬉しそうに微笑《ほほえ》んだ。

※本書は2010年2月、小社より刊行された
作品に加筆訂正を加えた「新装版」です。
（原題『不知火隼人風塵抄　疾風の密使』）

双葉文庫

い-40-42

新装版《しんそうばん》 不知火隼人風塵抄《しらぬいはやとふうじんしょう》
葵《あおい》の密使《みっし》【一】

2018年2月18日　第1刷発行

【著者】
稲葉稔《いなばみのる》

【発行者】
稲垣潔
【発行所】
株式会社双葉社
〒162-8540 東京都新宿区東五軒町3番28号
［電話］03-5261-4818(営業)　03-5261-4833(編集)
www.futabasha.co.jp
(双葉社の書籍・コミックが買えます)
【印刷所】
慶昌堂印刷株式会社
【製本所】
株式会社宮本製本所

【表紙・扉絵】南伸坊
【フォーマット・デザイン】日下潤一
【フォーマットデジタル印字】飯塚隆士

ISBN978-4-575-66870-4 C0193
Printed in Japan

稲葉稔

真・八州廻り浪人奉行

虹輪《こうりん》の剣

長編時代小説〈書き下ろし〉

凶賊〈毒蜘蛛〉捕縛のため、小室春斎は別の殺しを追う同僚の松川左門と東海道を上り始める。色欲渦巻く宿場町に、血飛沫の花が咲く！

稲葉稔

真・八州廻り浪人奉行

奇蹟の剣

長編時代小説〈書き下ろし〉

旗本の美人奥方失踪直後に起きた醤油問屋〈山城屋〉の皆殺し事件。その驚愕の真相とは？　古都鎌倉を舞台に春斎の剛剣が唸りを上げる。

稲葉稔

真・八州廻り浪人奉行

蒼空の剣

長編時代小説〈書き下ろし〉

同僚の左門を斬った凶賊〈六文銭の房五郎〉捕縛のため、小室春斎は上州へと赴くことになる。出立の朝、春斎の前に思わぬ人物が現れた！

稲葉稔

真・八州廻り浪人奉行

宿願の剣

長編時代小説〈書き下ろし〉

古河藩主・土井大炊頭が登城中に何者かに襲われた。紀伊家の関与が急浮上するなか、藩内の事情に通じた小室春斎に苛酷な密命が下る。

稲葉稔

真・八州廻り浪人奉行

月下の剣

長編時代小説〈書き下ろし〉

凶賊・蝙蝠安を追う小室春斎は相模で賊と斬り結び、惜しくも取り逃がす。江戸へ戻った春斎は、賊の頭が愛した魔性の女の存在を掴む。

稲葉稔

影法師冥府《めいふ》おくり

父子《おやこ》雨情《うじょう》

長編時代小説

父を暴漢に殺害された青年剣士・宇佐見平四郎は、師と仰ぐ平山行蔵とともに先手御用掛として、許せぬ悪を討つ役目を担うことに。

稲葉稔

影法師冥府《めいふ》おくり

夕まぐれの月

長編時代小説

悪を闇に葬る先手御用掛を拝命して七年。幼馴染みのあやめと結ばれ、慎ましくも幸せに暮らす宇佐見平四郎に思わぬ悲劇が襲いかかる。